Nika Lubitsch
Der 7. Tag
Kriminalroman

Nika Lubitsch
Der 7. Tag

Kriminalroman

Bibliografische Information
der Deutschen Nationalbibliothek

Die Deutsche Nationalbibliothek verzeichnet diese
Publikation in der Deutschen Nationalbibliografie.
Detaillierte bibliografische Daten sind im Internet über
http://dnb.d-nb.de abrufbar.

1. Auflage 2013 by print!t

© 2012 UvR GmbH Unternehmensberatung + Verlag
Lindenthaler Allee 36
D-14163 Berlin
Tel: 030 770 59 774
Fax: 030 770 59 776

Im Vertrieb der Münchner Verlagsgruppe GmbH,
Nymphenburger Straße 86
D-80636 München
Tel.: 089 651285-0
Fax: 089 652096
www.muenchner-verlagsgruppe.de

Alle Rechte, insbesondere das Recht der Vervielfältigung und
Verbreitung sowie der Übersetzung, vorbehalten. Kein Teil des
Werkes darf in irgendeiner Form (durch Fotokopie, Mikrofilm oder
ein anderes Verfahren) ohne schriftliche Genehmigung des
Verlages reproduziert oder unter Verwendung elektronischer
Systeme gespeichert, verarbeitet, vervielfältigt
oder verbreitet werden.

Umschlagabbildung: Fotosearch.de
Layout und Gestaltung: Hanspeter Ludwig,
www.imaginary-world.de
Druck: CPI - Ebner & Spiegel, Ulm
Printed in Germany

ISBN 978-3-86882-447-6

Inhalt

Prolog 7

Der Abend vor meinem Prozess 9

Der erste Prozesstag 15

Der zweite Prozesstag 25

Der dritte Prozesstag 33

Der vierte Prozesstag 39

Der fünfte Prozesstag 47

Der sechste Prozesstag 55

Der siebente Prozesstag 71

1. Teil: Wie mein Mann verschwand 85

2. Teil: Wie ich alles verlor, was ich liebte .. 101

3. Teil: Auf der Suche nach meinem Mann .. 113

4. Teil: Wiedersehen in Mahlow **123**

5. Teil: Wie sie mich gefunden haben **131**

6. Teil: Vor Gericht **137**

7. Teil: Das Geständnis **145**

8. Teil: Die wahre Geschichte **149**

Epilog **183**

Prolog **189**

Prolog

Manche Menschen werden als Opfer geboren. Bis vor zwei Jahren glaubte ich, dass ich nicht dazu gehöre. Seit sechs Monaten sitze ich in einer Zelle der Justizvollzugsanstalt Berlin-Pankow und warte darauf, für ein Verbrechen verurteilt zu werden, das ich nicht begangen habe. Oder hat der Psychiatrische Gutachter recht und mein Gedächtnis weigert sich, mich an den Mord an meinem Ehemann Michael Thalheim zu erinnern?

Immer wieder gehe ich die Ereignisse der letzten zwei Jahre durch und komme zu dem gleichen Schluss: Ja, ich wollte ihn umbringen, genauso, wie er getötet wurde. Ich erinnere mich an jede einzelne Minute dieser zwei Jahre, die das Schlimmste waren, das ein Mensch durchmachen kann. Nur an die Tat kann ich mich nicht erinnern.

Kann ich oder will ich nicht?

Der Abend
vor meinem Prozess

Morgen beginnt mein Prozess. Ich höre wohl den Klang seiner Worte, aber ich verstehe ihren Sinn nicht: Ullrich Henke, mein alter Freund Ulli. Was mir vor allem Mut macht, sind die Marlboros, die er mir mitgebracht hat. Meine Gedanken wandern zurück zu jenem heißen Sommertag im August 1999.

Meine beste Freundin Gabi und ich waren über das Wochenende zum Timmendorfer Strand gefahren. Ich versuchte, mein uraltes Spider-Cabrio in eine viel zu kleine Parklücke gegenüber dem Café Engelseck zu zwängen. Die Ärzte sangen „Männer sind Schweine" und wir sangen laut mit. Nachdem ich ungefähr zehnmal vor- und zurückgesetzt hatte, nahm mir jemand meine Zigarette aus der Hand. „Mit der Fluppe wird das nie was", sagte eine angenehm tiefe Stimme. Ich schaute hoch in ein Paar dunkelbraune Augen, verwechselte Kupplung mit Bremse und saß hinten drauf. „Scheiße", sagte die Stimme, „jetzt hast Du's geschafft, Mädel. Das war übrigens mein Auto." So lernte ich Ullrich Henke kennen. Noch am selben Abend lernte er meinen Körper kennen.

Ulli hat mir die Zeitungsausschnitte mitgebracht. Ich habe ihn gut erzogen: Jeder Artikel ist fein säuberlich ausgeschnitten, aufgeklebt, oben gibt es eine Datumszeile mit der Angabe des Mediums. Es ist ein dicker Packen und sein Geruch beruhigt mich. Zeitungsausschnitte beruhigen mich immer, sie sind mein Beruf. Oder eigentlich müsste ich sagen, waren mein Beruf. Denn ich kann ihn nicht mehr ausüben. Wer will schon eine Pressesprecherin haben, deren Name mit Unterschlagung im großen Stil und jetzt sogar mit Mord in Zusammenhang gebracht wird.

Der Konzern, für den ich gearbeitet habe, wollte mich jedenfalls nicht mehr. „Sie müssen verstehen, Frau Thalheim, ..." Ja, ich hatte verstanden. Weltkonzerne können sich familiäre Katastrophen nicht leisten. Und wir waren ja nicht ganz unbekannt. Michael und Sybille Thalheim. Der Staranwalt und die Pressesprecherin. Es verging kaum ein Tag, an dem nicht einer von uns in den Zeitungen zitiert wurde, an dem nicht einer von uns sein Gesicht in die Kameras halten musste. In den In-Restaurants bekamen wir immer die guten Plätze, wir standen auf allen wesentlichen Einladungslisten der Stadt. Wer hoch steigt, kann tief fallen.

Presseagentur:

Thalheim-Prozess mit Spannung erwartet

Berlin - Morgen beginnt vor dem Schwurgericht Berlin der Prozess gegen Sybille Thalheim. Der 38jährigen wird vorgeworfen, ihren Ehemann, den Notar Michael Thalheim (48), im vergangenen Februar in Berlin erstochen zu haben. Michael Thalheim wurde von der Polizei im Zusammenhang mit der Unterschlagung von Mandantengeldern in Höhe von 9,6 Millionen Euro gesucht. Die Angeklagte bestreitet bisher das ihr zur Last gelegte Verbrechen.

Alle Zeitungen haben die Agenturmeldung wörtlich übernommen. Zwei Berliner Zeitungen haben die Meldung noch mit einem Foto von mir dekoriert. Die Frau, die mich von diesem Foto aus anschaut, hat nichts mehr mit mir zu tun. Meine kurzen, braunen Wuschellocken sind zu einer strähnigen Mähne verkommen, die ich mühsam jeden Morgen mit einem Gummiband zusammenbinde. Das optimistische Lächeln ist mir vergangen und die Schatten unter meinen Augen werden immer größer. Früher habe ich so gern mit meinen „Rehaugen" kokettiert. Ach Ulli.

„Du weißt, was wir besprochen haben. Versuch' heute Nacht zu schlafen und mach dich morgen früh gut zurecht. Ich will, dass du aussiehst wie eine leidende Madonna", sagt Ulli.

„Verdammt, ich bin eine leidende Madonna", gebe ich zurück.

Ulli nimmt mich zum Abschied in den Arm. Wie gut ich ihn kenne, seinen Geruch, seine Gesten, seine Sprüche. Seit jenem Sommertag vor zehn Jahren ist Ulli mein Freund. Auch wenn unsere Beziehung ein Unfall war, der mich geradewegs in die Katastrophe schlittern ließ: Michael. Er hat immer gesagt, Ulli sei der verdammt beste Strafverteidiger, den diese Republik zu bieten habe.

Ich hoffe, wenigstens das war nicht gelogen.

1. Buch

Der erste Prozesstag

Die Meute wartet schon auf mich. Früher habe ich mich immer gefreut, wenn ich die Fotografen und Kamerateams getroffen habe. „Bille, hier", ruft Harald von Deutschlands beliebtestem Revolverblatt, um mich dazu zu bewegen, in seine Kamera zu schauen. „Bille, zu mir auch, huhu, ich bin dran". Wolfi von der Presseagentur.

Wie immer drängeln und schieben sie. Ich kann mir doch nicht die Jacke über den Kopf ziehen, schließlich waren die Jungs mal meine Freunde. Also bleibe ich stehen und schaue in ihre Kameras. „Erwartet bitte nicht, dass ich jetzt lächle", sage ich. Was soll ich auch sagen. Gott sei Dank, da ist Ulli.

„Bist du bereit?"

Ja, Ulli, ich bin bereit. Er drückt mir die Hand, versucht mir damit wieder Mut zu machen. Eine Justizangestellte schiebt mich durch eine Tür in den abgetrennten Bereich des Sitzungssaals, der für die Angeklagten vorgesehen ist.

Altehrwürdiges Landgericht Berlin-Moabit. Ob die dunkle Eichentäfelung wohl der Einschüchterung der Angeklagten oder vielleicht gar der Zeugen dienen soll? Obwohl es ein strahlender Augusttag ist, dringt die Sonne kaum durch die bunten Bleiglasfenster. Wie ich den August inzwischen hasse!

Das ehrwürdige Gericht hält Einzug. Lächerlich. Ich schaue

mir diejenigen an, die über mich richten werden. Die Vorsitzende der drei Berufsrichter ist Gott sei Dank eine Frau, so um die Fünfzig. Sie schaut ein wenig streng über eine Goldrandbrille hinweg und ihre stark herunter hängenden Mundwinkel sprechen nicht unbedingt für pralle Lebensfreude.

Rechts von ihr sitzt ein jüngerer Richter. Ehrlich gesagt, ist er mir auf Anhieb sympathischer als die Vorsitzende Richterin. Unter einem schütteren Haaransatz wird sein Gesicht beherrscht von zwei buschigen Augenbrauen, die in der Mitte fast zusammengewachsen sind. Das gibt ihm etwas Diabolisches. Trotzdem schauen seine blauen Augen durchaus freundlich.

Links von der Vorsitzenden sitzt ein Richter, der ein bisschen aussieht wie Pumuckel. Er hat einen runden Bürstenhaarschnitt und sein Gesicht ist noch von keiner Lebenserfahrung gezeichnet.

Neben ihm thront eine Schöffin, der man jetzt schon ansieht, dass sie geradezu begierig ist, dem deutschen Staate zu dienen. Ihr viel zu kleiner, herzförmiger Mund verrät, dass sie ziemlich rechthaberisch sein muss. Na ja.

Der zweite Laienrichter, rechts neben den unglaublichen Augenbrauen, ist der Typ genialer Versicherungsvertreter. Einer, der dir, wenn du nicht schnell genug wegläufst, noch eine Lebensversicherung für deinen Hund aufschwatzt. Ziemlich korpulent. Er schwitzt jetzt schon.

Du liebe Güte, diesen Leuten bin ich also jetzt ausgeliefert. Der Gerichtssaal ist gerammelt voll. Hundert Augen ruhen auf mir. Ich kenne einige von den anwesenden Journalisten, früher hätte ich gesagt ‚Guten Morgen, liebe Kolleginnen und Kollegen'. Heute Abend werde ich in den Journalistenkneipen der Stadt das Tagesgespräch sein. „Hast du gesehen, wie die aussieht?"

Der Staatsanwalt ist der Typ Streber. Seine schwarze Nerd-Brille macht ihn älter, als er wahrscheinlich ist. Und härter. Ich schätze ihn auf Mitte 30.

Sie sind immer noch dabei, die Anwesenheit aller Beteiligten festzustellen.

Die Beteiligten, das ist wohl ein Witz. Die ganze Anklage ist ein Witz. Leider ein schlechter. Ulli dreht sich zu mir um und lächelt mich an. Er sieht gut aus. Seine schwarze Robe verleiht ihm professionelle Würde. Ob ich wohl seiner Vorstellung von einer leidenden Madonna entspreche?

Du weißt es wohl, dass ich keine Madonna bin, lieber Ulli. Ich habe dich dazu gebracht, nach deiner Mama zu schreien. Winselnd bist du auf allen Vieren hinter mir her gekrochen und hast um Gnade gefleht. Und ich habe Gnade vor Recht walten lassen. Ich habe deinen Schwanz gelutscht, bis du explodiert bist. Du hast mich in den Brombeeren gepoppt, bis ich zum Notarzt musste. Der hat mir mit der Pinzette die Stacheln aus dem Rücken gezogen. Danach hast du mich mit Jod beträufelt und von hinten genommen. Eigentlich haben wir nur gevögelt, damals, im Sommer 1999.

Erst im Winter haben wir angefangen zu reden. Welch' ein Winter zur Jahrhundertwende. Oh ja, wir waren glücklich!

Nachdem das Gericht die Anwesenden über ihre Rechte und Pflichten feierlich belehrt hat, verliest der Staatsanwalt die Anklage. „Sybille Thalheim, geborene Wiegand, geboren am 2. Dezember 1971 in Berlin, wird beschuldigt, ihren Ehemann Michael Thalheim am 3. Februar 2009, um ca. 2.00 Uhr morgens mit 18 Messerstichen im Hotel zur Post in Berlin-Lichtenrade getötet zu haben …"

Danach haben sie die Zeugen herausgeschickt. Welche Zeugen eigentlich? Das Problem ist doch wohl, dass es keine Zeugen gibt. Sie versuchen, mich auf Grund von Indizien des Mordes zu überführen.

Ulli und ich haben abgesprochen, dass ich mich ausschließlich zu meiner Person äußern und ansonsten zur Sache schweigen soll. Er wird für mich die Beweisanträge einbringen.

„Du kennst dich doch Bille, du bist viel zu impulsiv".

Ulli, du hättest mir Michael nicht vorstellen sollen! Wir beide hatten eine so herrlich unkomplizierte Beziehung. Die in dem Moment endete, als ich IHN kennenlernte. Michael, deinen besten Freund. Du wolltest damals gerade mit ihm eine Bürogemeinschaft gründen.

Es war ein immer noch warmer Septembersonntag. Wir saßen erschöpft in einem kleinen Weinlokal namens „Enoteca": rauhe Klinkerwände, ungemütliche Stühle, aber die besten Antipasti in ganz Charlottenburg. Du hattest dich gefreut, als Michael zufällig hereinkam. Na ja, damals konnte man sich mit mir auch noch sehen lassen. Ich war schon ein bisschen betrunken. Von deinen Säften und vom Chianti.

Michael war so ganz anders als du. Ruhig, besonnen, ich fand ihn süß. Er sah ein bisschen schutzlos aus, als er seine Brille abnahm, um sie zu putzen. Aber in seinen grau-grünen Augen funkelten Intelligenz und Humor um die Wette. Du hast an diesem Abend nicht viel zum Gespräch beigetragen. Ich glaube, du wusstest, dass da etwas zu laufen begann. Etwas, das so ganz anders war als unsere nette kleine Bumsbeziehung. Es war nichts, was mit einem Knall begann, so wie mit dir. Es war etwas, das sich ganz leise einschlich, ein Gefühl, wie nach Hause kommen.

Ulli hat mir vorher bis ins Detail erklärt, was mich am ersten Prozesstag vor dem Schwurgericht Berlin erwarten würde. Die Anklage lautet auf Mord. Das war klar. Klar ist auch, was heute sonst so passieren wird. Sie werden die ganzen blutigen Details wieder aus der Schublade zuppeln.

Na bitte, als erstes wird Marion Heinzel aufgerufen, das Zimmermädchen, das Michael in seinem Hotel gefunden hat.

Sie stolziert auf 15 cm-Plateauschuhen, die aussehen, als hätte sie die vom Sanitätshaus Hempel, in den Zeugenstand. Die Arme, das ganze Gesicht voller Pickel und dann der Schock, den sie ganz unzweifelhaft gekriegt haben muss, als sie den blutüberströmten Michael gefunden hat. Ich habe die Fotos gesehen. Grauenvoll!

Weißt du noch Ulli, euer erstes Büro in der Sybelstraße? Natürlich haben meine Freundin Gabi und ich euch geholfen, als ihr diese tollen Büroräume gefunden hattet. 180 Quadratmeter mit Parkettböden, Stuckdecken und herrlichen Rundbogenfenstern. Wir haben mit euch die Schreibtische immer wieder umgestellt, bis das Büro so aussah, wie Ihr euch eine erfolgreiche Kanzlei vorgestellt habt.

Wir haben euch inszeniert hinter den Schreibtischen, dafür gesorgt, dass in jedem Raum Grünpflanzen standen, die richtigen Bilder an den Wänden hingen. Irgendwann zwischen Putzen und Saugen, zwischen Dekorieren und Umstellen habe ich gespürt, dass mich Michaels Zimmer mehr interessiert hat als deines. Als dein Konferenztisch geliefert wurde, hast du mich sozusagen probehalber darauf gepoppt. Der Konferenztisch hat es ausgehalten, unsere Beziehung nicht. Ich habe dabei jede Sekunde an Michael gedacht, der mit Gabi ins Bauhaus gefahren war, um Nägel zu kaufen.

„Vertrau deinem Gefühl", hat Gabi gesagt, als ich ihr in unserem Stammlokal „Lenz" gestand, dass ich mich zu Michael hingezogen fühlte. Meine beste Freundin Gabi. Heute Frau Dr. Gabriele Henke, niedergelassene Fachärztin für Gynäkologie. Seit der 11. Klasse auf der Fichtenberg-Oberschule sind wir unzertrennlich.

Damals haben wir alles geteilt. Die Wohnung, unsere Hoffnungen, unsere Ängste und ab und zu auch mal einen Mann. Dabei könnten wir unterschiedlicher nicht sein: Gabi die Abwägende, ich die Spontane. Ich habe immer geredet, Gabi hat gehandelt.

Gabi hatte damals gerade ihre erste Stelle als Assistenzärztin am Klinikum Steglitz bekommen und ich absolvierte ein Praktikum bei einem Berliner Privatsender.

Jetzt wird es grob: Dr. Peter Deckenbrock vom Institut für Rechtsmedizin, sprich der Leichenbeschauer, wird zur Sache vernommen. Er ist mit allem ausgerüstet, was die blutigen Details plastisch machen kann: Fotos von Michael in der Blutlache hinter der Tür in diesem armseligen Hotelzimmer. An Hand von Ausschnittvergrößerungen erklärt er in seinem Eindruckheischenden Expertenkauderwelsch jede einzelne Stichwunde. 18 Stichwunden, 17 vorn und eine hinten. Jede Stichwunde über acht Zentimeter tief. Die durchtrennte Hauptschlagader, die zerschnittenen Nerven und Sehnen auf der rechten Seite des Kopfes.

Jawohl, Herr Dr. Deckenbrock, ich hatte wirklich vor, Herrn Michael Thalheim den Kopf abzureißen. Ganz offensichtlich habe ich es nicht geschafft. Wenn ich es überhaupt versucht habe.

Deckenbrock wird mein Küchenmesser vorgelegt. Ob es sich dabei um die Tatwaffe handeln könne, fragt die Vorsitzende Richterin.

Ich ertrage das nicht mehr lange, der Deckenbrock soll aufhören. Aufhören, bitte. Ich konnte noch nie Blut sehen. Die Zuhörer scheinen ganz fasziniert zu sein von diesem Schlachtfest. Was für ein Ende des berühmten Berliner Anwalts Michael Thalheim.

In einer Ecke sitzt ein Zeichner, der jede einzelne Linie in meinem Gesicht zu erfassen sucht. Wie schaut man jetzt am besten? Unschuldig! Aber wie sieht unschuldig aus? Ich, die es gewohnt bin, ein Gesicht zu machen, weiß plötzlich nicht mehr, wie ich schauen soll. Aber eigentlich ist es auch egal. Sollen sie doch schreiben, was sie wollen. Sollen sie doch reden. Mich kann man nicht mehr verletzten.

Meine Beziehung mit Michael begann Ende Oktober. Ulli und Michael hatten die Einweihung ihrer neuen Büroräume gefeiert. Michael stand in einer Ecke seines Büros, hielt lässig ein Sektglas in der Hand und plauderte mit Mandanten. Dabei ließ er mich nicht eine Sekunde aus den Augen. Ich spürte den intensiven Blick seiner grau-grünen Augen mit jeder Faser meines Körpers. Während Ulli mich allen als seine Freundin vorgestellt hat, stand ich total neben mir. Es war noch recht früh am Abend, viel zu früh, um seine eigene Einweihung zu verlassen, als Michael mit diesem unglaublichen Blick auf mich zukam. Er stellte sein Sektglas ab, nahm meine Hand und sagte nur ein Wort: „Komm"'.

Im Fahrstuhl zog er mich an sich und küsste mich, wie mich noch nie zuvor ein Mann geküsst hatte.

Wir blieben lange in diesem Fahrstuhl. Michaels zärtliche Hände waren überall auf meinem Körper und ich zerfloss bei seinen Berührungen. Später im Taxi lag ich in seinen Armen und heulte hemmungslos. Er küsste jede einzelne Träne weg, knöpfte meine Bluse zu und lächelte dieses jungenhafte Lächeln, das ich so sehr geliebt habe. Als wir endlich in seiner Dachwohnung in der Suarezstraße angelangt waren, gab es nichts mehr, was uns zurückgehalten hätte.

Mein Starverteidiger versucht, Dr. Deckenbrock zu entlocken, dass die Stiche von einer Frau nur in rasender Wut ausgeführt werden konnten. Er versucht zu beweisen, dass das Opfer sich gewehrt haben muss. Er fragt, ob Spuren eines Kampfes an Michael Thalheim gefunden worden seien. An mir waren keine Spuren gefunden worden, abgesehen von dem Blut, das ich mir in die Haare geschmiert hatte.

Sei vorsichtig Ulli, du bewegst dich da auf dünnem Eis. Denn wenn das Opfer sich nicht gewehrt hat, spricht alles dafür, dass das Opfer den Täter sehr gut gekannt hat. Dr. Deckenbrock verliert sich in langatmigen Schilderungen über die Funde unter den Fingernägeln von Michael. Richter Pumuckel stellt Zwischenfragen, die Deckenbrock aus dem Konzept bringen. Das Publikum fängt an, sich zu langweilen. Gut gemacht, Ulli.

Gabi hat mir erst viel später gestanden, dass sie von unserem ersten Tag in Timmendorf an in Ulli verliebt gewesen war. Wie gut sie sich beherrschen kann. Ich jedenfalls habe wirklich nichts gemerkt. Erst nachdem ich ihr im „Lenz" mein Herz ausgeschüttet hatte war sie zum Frontalangriff übergegangen.

Am Sonntagabend nach der Büroeinweihung hatten Michael und ich uns auf die Suche nach Spaghetti Carbonara, Thunfischsalat und anderen Protein-haltigen Dingen begeben. Wie die Kinder sind wir Hand in Hand durch das nasse Laub die Suarezstraße heruntergeschlittert. Im Ristorante Stella alpina habt ihr gesessen, engumschlungen. Ein schönes Paar: Ulli mit dem markanten Kinn und den dunklen Haaren und Gabi mit ihrer rotblonden Mähne, den blau-grünen Augen und den zarten Gliedern. Wir haben uns ein paar Sekunden fassungslos angestarrt. Und dann haben wir herzlich gelacht und uns in den Armen gelegen. Alles war richtig.

Tageszeitung:

Lichtenrader Küchenmesser-Mord vor Gericht
„Erwartet nicht, dass ich lächle."

Berlin - Madonnenscheitel und Rehaugen: Sieht so eine brutale Mörderin aus? Darum geht es bei einem Aufsehen erregenden Prozess vor dem Schwurgericht Berlin. Sybille Thalheim (38) aus Berlin-Zehlendorf wird vorgeworfen, ihren Ehemann Michael (48)im vergangenen Februar mit einem Küchenmesser erstochen zu haben.

Vorsätzlicher Mord oder Tötung im Affekt? Und so sah es am ersten Prozesstag der amtliche Leichenbeschauer Dr. Peter D. (48) aus Lichterfelde: „Der Leichnam wies 18 Stichwunden auf, 17 vorne und eine Stichwunde im hinteren Lungenflügel. Die Halsschlagader war durchtrennt. Michael Thalheim sollte enthauptet werden. Das Opfer hatte keine Möglichkeit, sich zu wehren. Der erste Stich hat ihn bereits getötet." Der Leichenbeschauer bestätigte, dass als Tatwaffe ein Küchenmesser in Frage käme. Die Angeklagte starrte bei der Schilderung der grausigen Umstände unbewegt aus dem Fenster. Sie sagte nur einen Satz: „Erwartet nicht, dass ich lächle". Der Prozess wird am Donnerstag fortgesetzt.

Der zweite Prozesstag

Heute sage ich kein Wort mehr, sonst werde ich wieder im falschen Zusammenhang zitiert. Du kannst dich auf mich verlassen Ulli.

Und wieder ist der Gerichtssaal vollgestopft mit Neugierigen. Die Vorsitzende Richterin sieht ein bisschen zerknittert aus, hat wohl nicht allzu gut geschlafen. Wechseljahre, vermutlich. Mein „Fall" wird es wohl kaum sein, der ihr den Schlaf raubt. Dazu schaut sie viel zu unbeteiligt über ihre Goldrandbrille hinweg. Auch kein leichter Job, sich immer das Elend anderer Leute anhören zu müssen. Mitleid kann man sich da nicht leisten. Aber wer will schon Mitleid?

Heute wird die blutige Schlacht weitergehen. Der strebsame Staatsanwalt hat als Zeugen die halbe Polizei von Lichtenrade und Mahlow aufgerufen. Sie werden die Chance nutzen und sich vor den anwesenden Medienvertretern in das rechte Licht der Öffentlichkeit setzen. War ja auch eine tolle Leistung, wie sie drei Stunden nach Auffinden von Michaels Leiche in einer grenzüberschreitenden, konzertierten Aktion in mein Hotelzimmer eindrangen.

Ulli lächelt mich an. Ja, ich weiß, Du willst mir Mut machen. Wir kennen uns so lange Ulli, haben so viel gemeinsam erlebt. Ich erinnere mich noch an die tollen Zeiten zu Beginn des neuen Jahrtausends.

Für mich bedeutete die Jahrhundertwende zunächst einen neuen Job. Ich hatte einen Volontariatsvertrag mit einer renommierten Berliner PR-Agentur unterschrieben. Vom ersten Tag an war ich quer durch Deutschland unterwegs. Dabei lernte ich Supermärkte einweihen, Messen und Kongresse organisieren, Zeitungen produzieren und Wahlkampf machen. Wenn ich nicht gerade unterwegs war, pendelte ich zwischen meiner gemeinsamen Schöneberger Bude mit Gabi in der Regensburger Straße und Michas Charlottenburger Dachwohnung in der Suarezstraße. An den Wochenenden reiste Micha mir quer durch die Republik hinterher. Wir erkundeten Rostock und Aschaffenburg, Dresden und Schwäbisch Hall. Manchmal machten wir uns zu viert auf den Weg, bewaffnet mit Picknickkörben und Decken. Es war eine wundervolle, unbeschwerte Zeit. Wir waren grenzenlos verliebt und die Welt schien uns zu Füßen zu liegen.

Sie haben den ersten Zeugen für heute aufgerufen. Ich kann mich an ihn nicht erinnern. Oliver Kausch vom zuständigen Polizei-Abschnitt, der zuerst von den Angestellten des Hotels in Lichtenrade benachrichtigt wurde. Ob der wohl vorher schon mal eine Leiche gesehen hat, frage ich mich. Er sieht aus, als sei er nicht älter als 20. Der Staatsanwalt muss ihm jeden Satz aus der Nase ziehen. Er habe sofort die Mordkommission angerufen. Erstaunlich, dass er das konnte und nicht vorher umgekippt ist. Diesen Zeugen hätten sie sich wohl sparen können. Der träumt wahrscheinlich immer noch jede Nacht von dem grausigen Fund, den er im Februar gemacht hat.

Als nächstes ist der Leiter der ermittelnden Mordkommission in Berlin dran. Hans-Peter Schulze. Lederjacke, Jeans, ungepflegte Haare. Ich entsinne mich, der war wirklich dabei, als ich in meinem Bett in diesem Hotelzimmer in Mahlow, direkt an der Stadtgrenze zum Berliner Bezirk Lichtenrade, wieder zu mir gekommen bin. Aber es waren so viele dabei. Ich habe kaum registriert, wer da was zu sagen hatte und wer nicht.

Die Kompetenz-Show kann beginnen. Hans-Peter scheint Gerichts-Profi zu sein. Er ist kaum zu stoppen, erzählt, welche Maßnahmen er zur Sicherung des Tatortes vorgenommen hat. Die Zuschauer langweilen sich. Sie wollen Sensationen, nicht polizeiliche Routinearbeit. Ulli zwinkert mir zu. Er hat Hans-Peter schon bei den endlosen Vernehmungen in Rage gebracht. Heute ist dein Tag Ulli.

Unser Schicksal hat zum ersten Mal an diesem schwülheißen Sommertag im Jahr 2000 angeklopft. Es war wieder August, was sonst. Wir hatten einen verschwiegenen See in der Nähe vom Kloster Chorin gefunden und uns zu viert am Ufer zu einem Picknick niedergelassen. Wie wir unsere wenigen freien, gemeinsamen Wochenenden genossen haben! Wir sind einfach ins Auto gestiegen und raus aufs Land gefahren. Wir liebten die Melancholie unserer heimischen, brandenburgischen Landschaft: Barnim, Fläming, Havelland, Uckermark, wir waren immer unterwegs.

Gabi hatte Buletten und einen Käsekuchen gemacht, während ich Kartoffelsalat und scharfe Chicken Wings gezaubert hatte. Schon beim Kochen in unserer Rumpelküche in der Regensburger hatten wir unseren Spaß. Wir haben einen Liter Rotwein (natürlich den billigen von Aldi) dazu getrunken und geschnattert wie eine Gänseherde. Ihr Männer wart wie immer für die (besseren) Getränke zum Picknick zuständig.

Wir saßen am Ufer dieses Sees, dessen Namen ich vergessen oder vielleicht auch nie gewusst habe und ließen den Tag auf uns niederfallen. Und dann sagte Michael, er werde jetzt versuchen, seine Notarzulassung zu bekommen. Michael war damals schon auf Wirtschaftsrecht spezialisiert, Ulli auf Strafrecht. Ich fragte ganz naiv, was das mit der Notarzulassung bedeuten würde.

„Na ganz einfach", sagtest du, „Micha ist jetzt seit zehn Jahren niedergelassener Anwalt. Jetzt kann er sich um die Notarzulassung bewerben. Aber er wird heftig lernen und viel Glück haben müssen, damit es klappt. Die Zahl der Notare ist beschränkt, es entscheidet ein Losverfahren. Wenn es klappt, wird er reich".

„Und wieso machst du das nicht", fragte ich Ulli. „Nee, Verträge vorlesen ist nicht mein Ding. Ich bin Strafrechtler und bleibe Strafrechtler. Aber Micha kann mir die Mandanten bringen. Erst macht er mit denen die Grundstücksverträge und beglaubigt sie. Und wenn seine Mandanten dann in Schwierigkeiten geraten und für irgendwelche obskuren finanziellen Transaktionen angeklagt werden, kann ich sie wieder raushauen."

Fröhlich singend haben wir uns in Michaels BMW auf den Heimweg gemacht. Mir wurde zuerst schlecht. „Salmonellenvergiftung", konstatierte Gabi kühl, bevor sie sich selbst in den Straßengraben erbrach. Unser Ruf als „begnadete Köchinnen" war danach nicht mehr zu erschüttern.

Hans-Peter Schulze ergeht sich in der Aufwandsschilderung der Zeugenvernehmung in Michaels Hotel. Sehr geschickte Einleitung zu seinem großen Coup! Also zugegeben, das war schon eine geniale Idee, die eingegangenen Anrufe für Michael zu kontrollieren. Wäre nicht jeder drauf gekommen, dass das Hotel so einen Speicher hat, in dem die Nummern der ein- und ausgehenden Anrufe aufgezeichnet werden. Der Staatsanwalt strahlt und die Zuschauer sind wie gebannt. So was erlebt man sonst schließlich nur im Fernsehen. Ulli versucht ihn zu stoppen. Er solle doch mal genau erklären, wie er so schnell Amtshilfe aus dem brandenburgischen Mahlow bekommen habe. Danke Ulli, Du hast den Bann gebrochen.

Kurz vor Weihnachten 2000 platzte die Bombe: Mir ist, als sei es gestern gewesen: Gabi saß heulend in unserer Zwei-Frauen-WG in der Regensburger Straße. „Was ist denn mit dir los?" fragte ich entsetzt, während ich versuchte, meine Stiefel auszuziehen.

„Ich bin schwanger", sagte Gabi.

„Ach, du Scheiße!" Ich ließ mich noch im Mantel in unseren Rattan-Schaukelstuhl fallen.

„Hast du die Pille vergessen?"

„Nein. Aber entsinnst du dich an unsere Salmonellenvergiftung nach dem Picknick im August? Da muss es wohl passiert sein."

Ich entsann mich sehr gut. Wir hatten uns alle vier fast eine Woche die Seele aus dem Leib gekotzt. „Aber, wieso August, ich meine, jetzt ist Dezember. Soll das heißen, dass du im vierten Monat bist?" fragte ich entsetzt. „Du sagst es", heulte Gabi. „Heißt das, du kannst es nicht mehr wegmachen?" „Das heißt es. Und ich würde es auch nicht wegmachen."

„Oh, Mann und was ist mit deinem Facharzt? Dein Studium kannst du dir doch jetzt in die Haare schmieren. Weiß Ulli schon davon?"

„Nein", gab Gabi kleinlaut zurück. „Ich komme damit schon klar, dann mache ich eben meine Ausbildung später fertig."

„Wieso hast du eigentlich bis jetzt nichts gemerkt", fragte ich Gabi noch immer fassungslos.

„Du weißt doch, ich war im Stress, die ganzen Nachtschichten und na ja, ein bisschen Blutungen habe ich auch gehabt. Ich bin nur zum Gyn, weil mir immer so schlecht war."

„Du musst es Ulli sagen."

„Ich weiß, aber ich habe Angst."

Wir haben die ganze Nacht über eine Strategie geredet, wie man dir beibringen könnte, dass es bald einen oder eine Henke junior geben würde.

Endlich, Hans-Peter Schulze wird aus dem Zeugenstand entlassen. Jetzt kommt sein brandenburgischer Kollege, Rolf Sikorsky. Der hat schon dem Arbeiter- und Bauernstaat gedient.

Sei nicht ungerecht Sybille, die Männer machen doch auch nur ihren Job. Und weiß Gott keinen leichten. Jetzt werde ich einfach öffentlich seziert. Klasse. Die Journalistenkollegen spitzen schon die Bleistifte. Ich hoffe, dass Sikorsky nicht allzu plastisch erzählt, in welchem Zustand sie mich in diesem miesen Hotelzimmer in Mahlow, keine 500 Meter von Michaels Hotel in Lichtenrade entfernt, gefunden haben. Ich werfe einen flehentlichen Blick in Ullis Rücken, in den ich die ganze Zeit schauen muss. Hilf mir, Ulli, bitte, hilf mir. Ich hoffe, er hat telepathische Fähigkeiten.

Gabi jedenfalls brauchte ich damals nicht zu helfen. Das mit der Strategie, die wir uns ausgedacht hatten, um dir schonend beizubringen, dass du Vater werden würdest, war zwar lieb gemeint, aber völlig unnütz. Du hast einfach selbst gemerkt, dass Gabi schwanger war. Als sie am Sonnabendmorgen nicht vom Klo runterkam, hast du gesagt:

„Ich glaube Liebling, du bist schwanger."

Gabi hat geheult, du auch. Dann hast du Micha angerufen und uns zum Abendessen eingeladen. Es gäbe was zu feiern. Micha war den ganzen Sonnabend neugierig und spekulierte, was wir denn feiern würden. Ich jubilierte innerlich, habe aber ausnahmsweise mal meine Klappe gehalten. Ihr habt uns mit Champagner empfangen.

„Wir heiraten", hast du gesagt.

An diesem Abend habe ich Michael zum ersten Mal völlig betrunken erlebt.

Michael hat Recht gehabt: Du bist wirklich ein guter Strafverteidiger. Wie du jetzt den Sikorsky fertig machst, das ist filmreif. Ob ich denn nach meiner Festnahme ärztlich untersucht worden sei. Nein, verdammt, daran habt ihr Dödel gar nicht gedacht, so gierig wart ihr darauf, einen Mord innerhalb von drei Stunden aufgeklärt zu haben. Aber wozu sollte man die mutmaßliche Täterin auch untersuchen, wenn man die blutbeschmierte Tatwaffe auf ihrem Nachttisch findet. Ab mit dem Mädel in die Zelle, sie wird schon gestehen. Nicht mal Du, mein lieber Ulli, hast eine Sekunde daran gezweifelt, dass ich Michael das Messer in den Leib gestochen habe. Warum solltest Du auch?

Lokale Tageszeitung:

Verfahrensfehler bei Küchenmesser-Mord?
Anwalt wirft der Polizei schlampige Ermittlungen vor

Moabit - Sie schaut aus dem Fenster und schweigt: Sybille Thalheim, die 38jährige Angeklagte in einem spektakulären Mordprozess vor dem Schwurgericht Berlin. Der bekannten ehemaligen Konzernsprecherin wird vorgeworfen, ihren Ehemann Michael im Februar 2009 in Lichtenrade mit einem Küchenmesser erstochen zu haben.

Am zweiten Prozesstag warf der Anwalt der Angeklagten den ermittelnden Beamten schwer wiegende Fehler vor. Der leitende Untersuchungsbeamte der zuständigen Berliner Mordkommission schilderte die Umstände, die zu der Verhaftung von Sybille Thalheim geführt hatten: Nach der Entdeckung der Leiche von Michael Thalheim in einem Lichtenrader Hotelzimmer seien die eingehenden Anrufe ausgewertet worden. Darunter habe sich auch die Telefon-Nummer eines Hotels in der brandenburgischen Nachbargemeinde Mahlow befunden. Dort war Sybille Thalheim abgestiegen. Die Berliner Polizei hatte die Brandenburger Kollegen um Amtshilfe gebeten. Als man drei Stunden nach Auffinden der Leiche Sybille Thalheim in ihrem Hotelzimmer einen Besuch abstattete, lag die Tatwaffe, ein blutbeschmiertes Küchenmesser, auf dem Nachttisch der Angeklagten. Die Beamten fanden die blutgetränkte Kleidung der mutmaßlichen Täterin sorgfältig über einem Stuhl zusammengelegt.

Strafverteidiger Ullrich Henke monierte, dass Sybille Thalheim nach ihrer Verhaftung nicht ärztlich untersucht worden sei. Es könne heute nicht mehr zweifelsfrei festgestellt werden, so der Anwalt, ob sie nüchtern gewesen sei beziehungsweise, ob ihr Körper Spuren eines Kampfes aufgewiesen habe. Das Strafmaß für Sybille Thalheim werde im Wesentlichen von der Frage beeinflusst, ob sie die Tat geplant und im Vollbesitz ihrer geistigen Kräfte oder im Affekt begangen habe. Ferner sei von Bedeutung, ob das Opfer sich gewehrt habe.

Der Prozess wird kommenden Dienstag mit der Vernehmung von weiteren Zeugen fortgeführt.

Der dritte Prozesstag

Die letzte Runde ging wohl an uns. Danke Ulli. Heute versuchen sie mir nachzuweisen, dass ich die Tat geplant habe. Natürlich habe ich sie geplant. Aber nicht begangen, was mir angesichts der offensichtlichen Beweise keiner glaubt, nicht mal du, mein lieber Ulli.

Der Zeichner ist wieder da. Er scheint ganz gut zu sein. Auf jeden Fall hat so eine Zeichnung den Vorteil, dass man nicht jede Linie in meinem Gesicht sieht. Und die vergangenen zwei Jahre haben eine Menge Linien in meinem Gesicht hinterlassen.

Sie berufen das hübsche aber begriffsstutzige Mädel von der Rezeption des Hotels, in dem Michael abgestiegen war, in den Zeugenstand. Ilka Heinrich. Ilka erinnert sich an mich. Komisch, dass Menschen sich nach so langer Zeit noch an Gesichter erinnern können. Ich jedenfalls kann mich an ihr Gesicht nicht mehr erinnern, nur daran, dass sie doof war.

„Ja", sagt Ilka, „die Angeklagte hat nach Michael Thalheim gefragt. Aber der Mann, der bei uns erstochen worden ist, war ja gar nicht Michael Thalheim. Der hieß doch Thanner. Marcus Thanner. Das habe ich der Frau auch gesagt."

Ilkalein erinnert sich natürlich daran, dass ich versucht habe, den Namen herauszubekommen, unter dem mein Ehemann

Michael in ihrem Hotel abgestiegen war. Ich habe mich ja auch selten dämlich dabei angestellt.

„Sie hat gesagt, dass sie glaubt, dass sie einen alten Freund gesehen hat. Na und dann weiß sie nicht mal mehr wie der heißt. Das ist mir doch sofort komisch vorgekommen."

Was für eine Überraschung, Ulli.

Überraschungen waren auch bei Deiner Hochzeit im Mai 2001 angesagt. Gabi war die süßeste Braut, die ich je gesehen habe. Sie trug ein cremefarbenes Seidenkleid, unter dem sich ihr Bauch stolz nach vorne wölbte. Sie schien einfach von innen zu strahlen. Nach dem Standesamt fuhren wir zu Gabis Eltern nach Lichterfelde-West.

Und dann kam der Clou: Du verkündetest der staunenden Gästeschar, dass Familie Henke gedenke, jetzt ins Grüne zu ziehen. Man habe da ein Häuschen in Dahlem im Blick, schließlich wäre man ja bald zu viert.

„Wieso zu viert?" fragten wir uns.

Zwillinge. Gabi würde in zwei Wochen Zwillinge bekommen! Das war die erste Überraschung des Tages.

Michael und ich machten einen Spaziergang rund um den großen Garten von Gabis Familie. Er war den ganzen Tag schon so still gewesen.

„Was ist los mit dir, Micha?"

Ich schaute diesen von mir so unglaublich geliebten Mann an. Er sah einfach umwerfend aus in seinem Smoking.

„Findest du nicht, dass es Zeit ist, diese Bude in der Regensburger aufzugeben?"

Mist, muss das heute sein, dachte ich. Ich musste mit Michael ein ernstes Wort reden, aber bitte doch nicht zur Hochzeit meiner besten Freundin.

Seit Wochen kaute ich an einem Problem herum. Ich hatte von einem Kunden meiner PR-Agentur ein Angebot bekommen, dass ich nicht ausschlagen konnte: Ein Trainee-Jahr in Amerika und das bei einem der größten Konzerne der Welt. Auf der anderen Seite liebte ich Michael und das wäre das Ende unserer Beziehung.

„Micha, bitte, lass uns Morgen darüber reden."

„Wieso, verdammt. Ich meine, das ist doch auf Dauer kein Leben, immer mit dem Buko hin- und herzureisen. Wollen wir uns nicht zusammen eine große Wohnung suchen?"

„Ich muss dir was sagen Micha," begann ich vorsichtig. „Also, ich habe da ein Angebot aus USA."

Michael setzte sich auf eine Gartenbank und hörte mir konzentriert zu. Wie gut er zuhören konnte. Ich setzte ihm das ganze Für und Wider auseinander. Michael sagte kein Wort. Er schaute mich mit seinen unergründlichen grau-grünen Augen genauso an wie damals, auf seiner Einweihungsparty. Ich redete wie ein Buch.

Dann strich er mir zärtlich über die Haare und sagte: „Tu, was du tun musst."

Der Tag war für uns beide gelaufen.

Eine ältere Dame wird in den Zeugenstand berufen. Es ist die Besitzerin des Hotels, in dem Michael erstochen wurde. Sie heißt Marianne Schmidt. Ich habe sie noch nie gesehen. Aber ich ahne, was sie aussagen wird.

„Am Abend, bevor wir den Mord bei uns hatten, rief eine Frau Michalski, oder Michaelski an. So genau habe ich ihren Namen nicht verstanden. Sie hat nach Herrn Thanner gefragt. Ich habe gesagt, er ist nicht da. Aber dann wollte sie wissen, wie lange Herr Thanner noch im Hotel wohnen wird. Ich habe gesagt, er reist Donnerstag ab. Ich hoffe, das war nicht falsch."

Ja, Frau Schmidt, genauso war es. Als ich hörte, dass Michael erst am Donnerstag abreisen würde, habe ich gewusst, dass ich Zeit habe. Deshalb hatte ich beschlossen, ihm nicht am gleichen

Tag, es war der Montag, sondern erst am nächsten Tag einen Besuch abzustatten. Nein, Ulli, keine Angst, das werde ich nicht erzählen.

Zwei Wochen nach deiner Hochzeit wurdest du Vater und ich Patentante. Lisa und Nora haben so gar nichts von Gabis zurückhaltendem Temperament, wohl aber von deinem geerbt."Das gibt gesunde Lungen", sagte Gabi achselzuckend, wenn die beiden mal wieder aus Leibeskräften brüllten. Gabi versank in Mutterpflichten und ich in Zukunftsplänen. Ende Juli sollte ich meinen Job in Atlanta antreten.

Seit der Hochzeit hatten Michael und ich nicht mehr über Amerika gesprochen. Er tat, als sei nichts passiert und ich machte mich auf die Suche nach einem Nachmieter. Meine Klamotten konnte ich für das Jahr, das ich nicht in Deutschland sein würde, bei meinen Eltern unterstellen. Je näher meine Abreise rückte, desto größer wurde mein Kloß im Hals.

Es war Mitte Juni, wir waren im „Bovril" zum Abendessen verabredet. Michael erwartete mich bereits, als ich, wie immer zu spät, den Kurfürstendamm herunterstürmte. Er nahm mich zärtlich in die Arme und bestellte, ohne mich zu fragen, Champagner.

„Gibt's was zu feiern?", fragte ich erstaunt.

Mit ernster Miene griff Michael in seine Jackentasche und holte einen Umschlag hervor, den er mir überreichte. Er enthielt zwei Flugtickets nach Miami.

„Du brauchst ein bisschen Urlaub, bevor ich dich in die Höhle des Löwen lasse", sagte Michael. „Ich werde dich nach zwei Wochen braun gebrannt und gut erholt in Atlanta abliefern."

„Du bist mir nicht mehr böse?" fragte ich ängstlich.

„Bille, hör mir zu. Ich war dir nie böse. Ich werde dich jede Sekunde vermissen. Aber wir werden dieses Jahr überstehen, ich glaube an uns."

Und dann saß ich da, auf der Straßenterrasse des Bovril, mitten auf dem Kurfürstendamm, und heulte wie eine Fünfjährige. Michael reichte mir mal wieder ein Taschentuch.

Frau Schmidt wechselt sich im Zeugenstand mit ihrem Ehemann ab. Ein richtiges Familienhotel. Na, ja. Jetzt ist Alfred dran, ihr Angetrauter und stolzer Eigner des Lichtenrader Etablissements. Er erinnert sich natürlich, dass ich angerufen habe, um Michaels Zimmernummer herauszubekommen.

„Am Abend vor dem Mord hat irgend so ein Büro für Herrn Thanner angerufen. Sie haben gesagt, dass er eine dringende Lieferung erwartet, die ihm unbedingt persönlich ausgehändigt werden muss. Die Frau wollte unbedingt die Zimmernummer wissen, damit der Bote das Paket auch richtig zustellen kann. Ich habe das Herrn Thanner, der ja wohl gar nicht Thanner, sondern Thalheim hieß, natürlich erzählt. Er ist ziemlich blass geworden, als ich gesagt habe, es hätte ein Büro für ihn angerufen. Da ist was nicht ganz koscher, habe ich noch gedacht."

Natürlich hatten sie diese Anrufe mit Nummern gespeichert. Und siehe da, beide Anrufe kamen aus meinem Hotel im Nachbarort Mahlow. Tja, Ulli, das war's wohl für heute.

Florida: Michael und ich standen schwitzend in der Schlange vor der „World of Motion" im Epcot Center in Orlando. Michael umarmte mich von hinten und flüsterte mir ins Ohr: „Wenn du mir versprichst, dass du die beste PR-Tussi der ganzen Welt wirst, werde ich auf dich warten".

„Ich werde die verdammt beste PR-Tussi auf der ganzen Welt werden, das verspreche ich dir. Aber ich glaube dir kein Wort."

Wir zogen uns gegenseitig mit den Verlockungen und Gefahren auf, die auf uns warten würden.

Und dann kam alles ganz anders.

Lokale Tageszeitung

Erdrückende Beweislast im Thalheim-Prozess
Angeklagte spionierte Ehemann aus

Moabit - Sybille Thalheim hat ihren Ehemann Michael Thalheim ausspioniert. Das ergab die Vernehmung von Zeugen am dritten Prozesstag vor dem Schwurgericht Berlin.

Der 38jährigen ehemaligen Konzernsprecherin wird vorgeworfen, ihren Ehemann Michael Thalheim im vergangenen Februar mit 18 Messerstichen in einem Lichtenrader Hotel getötet zu haben. Durch ihre eigenen Recherchen legte sie eine Spur, die die Polizei innerhalb von drei Stunden nach der Entdeckung der Leiche zu der Angeklagten führte. Die im Hotel eingehenden Anrufe waren gespeichert worden und konnten so zu der Angeklagten zurückverfolgt werden.

Sybille Thalheim schweigt weiterhin zu den Vorwürfen. Der Prozess wird am Montag, den 30. August, in Moabit fortgesetzt.

Der vierte Prozesstag

Ich möchte wirklich gern wissen, was in seinem Kopf vorgeht. Der Richter mit den zusammengewachsenen Augenbrauen scheint manchmal gar nicht richtig zuzuhören. Er beobachtet mich stundenlang mit zusammengekniffenen Augen. Vielleicht treibt er es ja auch in Gedanken mit mir, während sie hier meine Ehre zu Markte tragen. Wer weiß.

Atlanta im August. Die Hitze war unerträglich, die Klimaanlagen waren auf Werte um den Gefrierpunkt eingestellt. Das ständige Wechselbad zwischen heiß und kalt ging mir auf die Bronchien. Ich hatte – wie eigentlich jeden Tag - 14 Stunden gearbeitet. Der Job war faszinierend, hatte aber wirklich nichts mit einem netten Urlaubsaufenthalt zu tun.

    Mit einem Sukiyaki, das ich vom Chinesen mitgebracht hatte, war ich in meinem Apartment todmüde auf der Couch vor dem Fernseher zusammengebrochen. Ich zappte mich durch die Kanäle und fragte mich: Was riecht hier eigentlich so fürchterlich? Also schnüffelte ich an meinen Tüten, aber das war es nicht. Das ganze Apartment roch widerwärtig. Ich öffnete alle Fenster, zog mich aus und ging in das Badezimmer, um Parfum zu holen, mit dem ich diesen ekelhaften Geruch übertünchen konnte.

Beim Blick in den Spiegel fiel bei mir nicht nur der Groschen, sondern gleich eine ganze Münzsammlung. Mein immer schon recht üppiger Busen streckte sich mir prall und voll entgegen. Es lag also nicht am Fast-Food, dass mir immer so schlecht war. Und im Apartment stank es auch nicht. Ich war schlicht schwanger. Ich habe diesen Satz gedacht und dann habe ich ihn ausgesprochen: Ich bin schwanger. Fast wäre ich in Ohnmacht gefallen. Ich versuchte, mich zu beruhigen. Ich könnte mich ja irren, aber eigentlich wusste ich, dass ich mich nicht irrte. Eigentlich kann es nicht sein, sagte ich mir. Denn ich hatte wirklich immer die Pille genommen. Wirklich? Na ja, bei dem Langstreckenflug nach Miami bin ich schon ein bisschen durcheinander gekommen mit den Tagen. Aber eine einzige, winzige, vergessene Pille, konnte das sein? Ich wusste, dass es konnte.

Heute sind die Zeugen (Zeugen?) dran, die mich am Abend vor meiner angeblichen Tat gesehen haben. Als erster wird Wolfgang Kaiser in den Zeugenstand gerufen. Ich erinnere mich, der Kellner. Es würde mich sehr wundern, wenn der sich noch an mich erinnert. An jenem Abend jedenfalls schien er mich schon vergessen zu haben. Er stand meistens an der Durchreiche zur Küche und schwatzte mit dem Koch. Wolfgang Kaiser ist genauso schmierig wie diese ganze so genannte Gaststube in meinem Hotel in Mahlow.

Ja, sagt er, er erinnere sich an mich. „Ich habe mich gewundert, warum die Dame nichts isst. Erst bestellt sie einen Ratsherrentopf und dann rührt sie ihn nicht mal an. Sie hat nur da gesessen und mit den Fingern aufs Tischtuch getrommelt. Und ziemlich viel getrunken, wie viel, weiß ich nicht mehr. Ein paar Bier, ein paar Schnäpse."

Das ist gut, dass er sich nicht erinnert. Ich erinnere mich nämlich genau. Der Ratsherrentopf schmeckte beschissen.

Und es waren vier Bier und zwei Schnäpse, viel zu wenig, um betrunken zu sein.

Die Vorsitzende Richterin fragt ihn, ob er glaube, dass ich betrunken gewesen sei.

„Schon möglich", sagt er, „ja, eigentlich glaube ich, dass sie betrunken war."

Danke Herr Kaiser.

Als ich in Atlanta war, haben Michael und ich jeden Tag zusammen telefoniert, mein halbes Gehalt ging für Telefongebühren drauf. Und nun saß ich alleine auf dieser dreckigen Couch in Atlanta, wusste, dass ich schwanger war und fühlte mich zum ersten Mal in meinem Leben einsam. Und konnte wegen der Zeitverschiebung nicht mal sofort Michael anrufen.

Alles in mir schrie nein, nein, nein. Ich wollte Karriere machen. Und war auf dem besten Weg dazu. Ich hatte Betriebswirtschaft und Publizistik studiert, einen glänzenden Abschluss gemacht, bei verschiedenen Medien Praktika absolviert, anderthalb Jahre einen PR-Crashkurs in der besten Berliner Agentur durchgestanden und jetzt stand ich hier in Atlanta auf dem Sprungbrett zu einer großen Karriere.

Meine andere Stimme sagte ja, ja, ja. Du bekommst ein Kind von dem Mann, den du liebst. Du wolltest doch immer Kinder. Wozu die ganze Karriere, wenn du doch hinterher zu Hause sitzt und Windeln wechselst. Oh, Michael, hilf mir, habe ich gefleht, aber ich wusste, dass er mir nicht helfen konnte. Es war eine Entscheidung, die ich allein treffen musste. Denn sie betraf mein Leben. Und dann habe ich doch Michael mitten in der Nacht angerufen.

Elise Baltus heiße sie. Welch ein Name. Elise ist Rentnerin. Zusammen mit Lucie Peschel war sie nach Mahlow gereist.

„In meine Heimat. Sie müssen nämlich wissen, meine Freundin Lucie und ich sind in Mahlow geboren. Jetzt leben wir in

Lübeck. Aber wir wollten noch einmal unser altes Haus sehen. Da wohnen ja jetzt Ostdeutsche drin."

Elise Baltus ist die nächste Zeugin, die „zur Sache" vernommen wird. Sie hat an dem bewußten Abend am Nebentisch in der Gaststube meines Hotels gesessen. Ich kann mich an Elise und Lucie nicht erinnern, ich hatte andere Sorgen, als alte Damen zu beobachten.

„Die Frau war sehr nervös. Sie hat ständig mit den Fingern auf den Tisch getrommelt. Das war wirklich unangenehm. Lucie, habe ich zu meiner Freundin gesagt, Lucie, lass uns an einem anderen Tisch sitzen, ich werde ganz kirre von deren Getrommle. Aber meiner Freundin war das peinlich, sie ist immer so heikel."

Michael saß auf seinem Koffer vor meiner Apartmenttür in Atlanta, als ich drei Tage nach meinem nächtlichen Hilferuf nach Hause kam. Ich flog heulend in seine Arme. Wir haben geredet und geredet. Also eigentlich habe wie immer ich geredet und Michael hat zugehört. Er hat mir nicht zu oder abgeraten. Er hat nicht gesagt, es ist Deine Entscheidung, ich mache mit. Er hat mir nicht angeboten, mich zu heiraten. Er hat mir nur zugehört. Dann ist er aufgestanden, hat sich aus dem Eisschrank eine neue Flasche Cola geholt und gesagt:

„Ich komme um vor Hunger. Lass uns was essen gehen." Das war typisch Michael. Er war so unendlich praktisch und es machte mich unendlich wütend.

„Verdammt", habe ich geschrien,"wie kannst du an Essen denken, ich muss die wichtigste Entscheidung meines Lebens treffen."

„Ja", sagte Michael, „sicher. Aber nicht mehr heute Abend. Lass uns essen gehen."

Bei „Shoney's" fiel mir auf, wie egoistisch ich war. Der arme Kerl hatte einen elf Stunden Flug hinter sich und einen Bärenhunger. Und das alles für eine plärrende Tussi, die ein Kind von ihm bekam. Ich habe es ihm gesagt. Er hat nur genickt und dieses Lächeln gelächelt, das ich so sehr an ihm geliebt habe.

„Bille", sagte er auf dem Nachhauseweg, „lass dir Zeit. Weißt du, ich habe für mich ein Lebensmotto – tue nichts in der Euphorie und nichts aus Verzweiflung."

Ach Michael, warum hast du dich daran nicht gehalten.
Jetzt hat Wolfram Günther seinen großen Auftritt. Ich könnte beeiden, ihn noch nie gesehen zu haben. Aber er mich. Nämlich an diesem unglückseligen Abend in Mahlow. Er war ebenfalls Gast. Ich erfahre, dass er Vertreter für Getränkeautomaten ist. Was wetten wir Ulli, der Staatsanwalt hält ihn bestimmt für einen Profi im Beurteilen des Nüchternheitsgrades anderer Personen. Ich jedenfalls halte ihn für einen Profi im Trinken. Seine rote Nase kann unmöglich von einem Schnupfen herrühren.

Auch Profitrinker Günther erinnert sich an mich. Ich hätte so verzweifelt ausgesehen. „Ja, sie hat ziemlich viel getrunken. Ständig hat sie nachbestellt. Der Kellner kam kaum hinterher. Wie viel sie getrunken hat? Na, bestimmt acht Bier und fünf Schnäpse. Natürlich war sie betrunken. Schauen Sie sich das zarte Mädel doch mal an, die verträgt nix."

Ulli lächelt mich an. Günther war unbezahlbar. Wahrscheinlich hat er zu diesem Zeitpunkt einfach selbst doppelt gesehen.

Michael blieb eine Woche in Atlanta. Wir haben uns jede Nacht geliebt, als sei es das letzte Mal. Ich habe während dieser Woche jede Sekunde an unser Kind gedacht. Denn ich wusste jetzt gesichert, dass ich schwanger war. Michael hatte mir in unserem nächtlichen Telefonat, praktisch, wie er war, erst mal zu einem B-Test geraten.

Während dieser Woche erzählte Michael viel aus Berlin. Ulli war jetzt ganz stolzer Vater. Ulli und Gabi renovierten ihr Haus in Dahlem. Ich hatte solche Sehnsucht nach den beiden, nach

Berlin, nach einem Leben mit Michael. Am Ende dieser Woche stand mein Entschluss fest. Ich würde nach Berlin fliegen, eine Abtreibung in Amerika kam für mich nicht in Frage.

Anfang September kam ich in Berlin an. Michael holte mich vom Flughafen ab. Ich sollte bei ihm wohnen, damit ich das ganze Thema nicht mit meinen Eltern besprechen musste. Er brachte mich sofort zu meinem Frauenarzt am Kudamm.

Der stellte nur eine Frage: „Wollen sie das Kind haben?"
„Nein", sagte ich entschlossen.

Er rief seiner Praxisfee zu, sie solle erstens einen Termin bei pro familia für mich machen und zweitens eines seiner Belegbetten in der West-Klinik Dahlem reservieren.

Micha hat mich zu pro familia gefahren, wo ich eine Beratung zu Gunsten des Lebens erwartete. Stattdessen gaben sie mir einen Stempel auf diesen Schein, den mein Onkel Doktor mir mitgegeben hatte. So einfach war das und ich war empört.

„Du kannst noch zurück", sagte Michael beim Abendessen.
„Nein."

Als letzten Zeugen rufen sie heute Ortwin Bayer, Dachdeckergehilfe, auf. Schon wieder einer, den ich nie gesehen habe. Halt, doch. An den kann ich mich erinnern. Weil er so schmutzig war. Der saß zusammen mit einem anderen Mann im Monteuroverall an dem Tisch hinten in der Ecke. Ich erinnere mich an die beiden, weil sie so laut waren und offensichtlich direkt von einer Baustelle kamen.

„Det is se."
Ja, Ortwin, det bin ick.
„Jesoffen hat se. Wat soll ick sonst sajen."

Mitte September war ich wieder in Atlanta. „Mein über alles geliebtes Mädchen", hatte Michael zum Abschied gesagt und mir einen Teddybären geschenkt.

„Das ist Alter Ego, der passt ab jetzt auf dich auf."
Irgendwann muss Alter Ego geschlafen haben.
Dafür habe ich ihn erstochen.

Lokalzeitung

Lichtenrader Küchenmesser-Mord im Suff?

Zeugen bestätigen: Sybille Thalheim hat getrunken
Moabit - Sie war nervös und verzweifelt. War sie auch betrunken? Hat Sybille Thalheim im Suff ihren Ehemann mit 18 Messerstichen niedergemetzelt? Am vierten Prozesstag gegen die 38jährige Angeklagte aus Zehlendorf waren sich die Zeugen zumindest in einem einig: Sybille Thalheim war am Abend vor der Tat auffällig nervös. „Sie hat nichts gegessen", sagt der Kellner des Hotels, in dem die Angeklagte verhaftet wurde. „Sie hat zu viel getrunken", meint ein Gast. „Sie war total nervös", erinnert sich eine Dame, die neben ihr saß. „Sie war völlig betrunken", weiß Wolfram G.(46) aus Neubrandenburg. „mindestens acht Bier und fünf Schnäpse". Die schöne Angeklagte mit den sanften braunen Augen schweigt.

Der fünfte Prozesstag

Bisher ist der Prozess ganz gut für mich gelaufen. Aber was heißt eigentlich gut. Ich habe fast so etwas wie sportlichen Ehrgeiz entwickelt. Denn das Ergebnis ist mir eigentlich egal. Mein Leben ist so oder so zerstört. Ob fünf Jahre für Totschlag oder lebenslänglich für Mord, mir ist alles recht. Ulli ist auf dem besten Weg, fünf Jahre für mich rauszuholen. Heute werden sie den ganz tiefen Griff in die Mottenkiste tun. Warnke wird aussagen. Kommissar Helmut Warnke. Mein ständiger Begleiter in den letzten Jahren. Ulli hat versucht, diesen Zeugen zu verhindern.

„Es geht bei diesem Prozess nicht darum, was Michael getan hat. Es geht darum, in welchem Zustand du Michael erstochen hast. Wenn sie dir nachweisen, dass du genug Gründe hattest, Michael zu töten, werden wir mit Totschlag nicht wegkommen. Dann sind das Rachemotive für einen Mord. Und auf Mord stehen wenigstens 15 Jahre bzw. lebenslänglich", hat Ulli mir erklärt.

„Ulli, bitte, du kennst mich doch, ich rede doch viel, wenn der Tag lang ist. Aber glaubst du wirklich, dass ich dazu fähig gewesen wäre, Michael zu erstechen?"

„Es geht hier nicht darum, was ich glaube. Es geht einzig und allein darum, dich hier so schnell wie möglich wieder raus zu bekommen."

Nein, Ulli, darum geht es mir nicht. Aber das kannst du nicht verstehen.

Weihnachten 2001 flog ich nach Hause, nach Berlin. Heiligabend gab es Würstchen und Kartoffelsalat bei meinen Eltern. Wie herrlich spießig sie doch waren. Mutti fragte immer wieder, wann Michael und ich endlich heiraten würden, sie würden sich so sehr Enkel wünschen. Mein Vater meinte, ich sei bescheuert, mich in Atlanta so abzuquälen, Michael würde doch bestimmt genug verdienen, damit ich gar nicht zu arbeiten brauchte. Michael saß dabei und lächelte dieses Michael-Lächeln.

„Sie platzen vor Stolz auf ihre entschlossene, erfolgreiche Tochter", sagte er auf dem Nachhauseweg.

Ich habe erst sehr viel später verstanden, dass er Recht hatte.

„Mein Name ist Helmut Warnke. Ich bin der leitende Kommissar in der Ermittlungssache Michael Thalheim."

„Können Sie kurz den Fall Michael Thalheim zusammenfassen?" fragt die Vorsitzende Richterin. Ich bezweifle, dass er das kann. Wollen wir mal sehen.

„Nun, Michael Thalheim ist am 17. August 2007 nicht mehr nach Haus gekommen. Am 19. August 2007 haben seine Frau, die Angeklagte Sybille Thalheim und ihre Mutter, Renate Wiegand, Vermisstenanzeige erstattet. Eine Woche später hat der Anwalt Ullrich Henke, der mit Michael Thalheim eine Bürogemeinschaft unterhielt, Anzeige gegen Michael Thalheim wegen Unterschlagung von Mandantengeldern in Höhe von 9,6 Millionen Euro erstattet. Michael Thalheim hatte alle Notaranderkonten geleert und war mit diesen Geldern verschwunden. Ich habe die Ermittlungen gegen Michael Thalheim geführt und dabei auch seine Ehefrau Sybille Thalheim mehrmals überprüft."

„Können Sie dem Gericht sagen, was Notaranderkonten sind?" sagt der Staatsanwalt.

„Das ist einfach. Wenn ein Notar zum Beispiel ein Grundstücksgeschäft beglaubigt, so zahlt der Käufer der Immobilie das Geld, das eigentlich dem Verkäufer zusteht, auf ein sogenanntes Anderkonto ein. Dort bleibt es so lange liegen, bis bei dem beglaubigenden Notar die Auflassungsvormerkung eingeht. Das ist die Bestätigung des Grundbuchamtes, dass keine weiteren Ansprüche auf dem Grundstück liegen. Erst nach der Mitteilung des Grundbuchamtes darf der Notar das auf dem Anderkonto geparkte Geld an den Verkäufer überweisen."

Am ersten Weihnachtsfeiertag 2001 waren wir bei Gabi und Ulli eingeladen. Der Abend wurde schlicht eine Katastrophe. Die Zwillinge quengelten und die liebenden Eltern fanden das entzückend. Ich konnte nicht ein einziges Wort mit Gabi alleine reden, ein Gespräch zu viert war ebenso unmöglich.

„Zumindest sehen die beiden glücklich aus und ihr neues Haus ist wirklich toll", sagte ich zu Michael, als wir endlich völlig entnervt auf seine Couch fielen.

„Sie sind glücklich, Bille. Jeder tut das im Leben, was er will."

„Ich hätte nie gedacht, dass Ulli mal ein begeisterter Vater wird", sinnierte ich.

„Wieso, er hat sich sehnlichst eine Familie gewünscht, du weißt, er ist bei verschiedenen Pflegefamilien aufgewachsen."

„Nein, das wusste ich nicht", sagte ich beschämt. „Und was willst du?" habe ich ihn gefragt.

„Dich. So wie du bist." Michael hat mir in jener Nacht allerdings gestanden, dass er sich auch immer Kinder gewünscht hat.

„Warum hast du mir dann nicht zugeredet, das Kind zu behalten?"

„Du bist nicht Gabi", hat er gesagt.

Warnke hat die ganzen traurigen Umstände, die zum Verschwinden meines Ehemannes geführt haben, dem staunenden Publikum zu Füßen gelegt. Die Vorsitzende Richterin hat wohl Morgenluft gewittert. Ob es denn denkbar gewesen wäre, dass ich an der Tat beteiligt gewesen sei.

„Wir haben Frau Thalheim ein Jahr lang überwacht. Es gibt keine Indizien, die darauf hinweisen, dass sie in die Unterschlagungen mit einbezogen war."

Na, das will ich wohl meinen, verdammt.

Ob es denn keine Spur von meinem Ehemann gegeben hätte. Welche Frage, wenn es eine gegeben hätte, hätten sie ihn doch gekriegt.

Es war ein Traum: Scarlett O'Hara ließ grüßen. Michael hatte mich zu Ostern nach South Carolina eingeladen. Nichts Dolles hatte er gesagt, Bed & Breakfast auf einer stillgelegten Reisfarm. Er hatte mich in Atlanta mit einem Mietwagen abgeholt. Dass nichts Dolles die größte Untertreibung seines Lebens war, wusste ich in dem Moment, als wir unter den alten Oaktrees auf das weiße Herrenhaus von Litchfield Plantation zufuhren. Als Michael das Haus aufschloss, rastete ich völlig aus. Genauso sah das Haus meiner Träume aus. Chintz bezogene Sofas, eichengetäfelte Bibliothek, Antiquitäten, ein Wohnzimmer, das dem Namen der Suite, die Michael gemietet hatte, alle Ehre machte. Sie hieß Ballroom-Suite. Im Schlafzimmer stand ein Himmelbett und eine Recamière, im Badezimmer gab es einen Whirlpool mit Blick auf die überfluteten Reisfelder.

„Oh, Michael, so möchte ich leben", rief ich begeistert.

„So wirst du leben, Bille, ich versprech's."

Am Abend saßen wir auf der riesigen Holzterrasse im Schaukelstuhl, atmeten die schwere Luft des Südens und tranken, sentimental wie wir waren, Southern Comfort. Wir neckten uns mit den Eroberungen, die wir nicht gemacht hatten. Denn wir haben in diesem Jahr wirklich nur gearbeitet. Michael hatte inzwischen seine Zulassung als Notar bekommen. Alles, was wir versäumt hatten, holten wir zwischen Himmelbett und Whirlpool nach.

„Frau Thalheim war von dem Verschwinden ihres Ehemannes total überrascht worden. Sie hat sich völlig in sich zurückgezogen und still vor sich hin gelitten. Manchmal hatte ich den Eindruck, dass sie uns gar nicht wahrnahm, wenn wir in ihrer Villa die Unterlagen ihres Mannes durchsuchten. Manchmal war sie allerdings auch sehr wütend. Das wechselte ständig.
Ich erinnere mich an einen Besuch, den ich Frau Thalheim vor circa einem Jahr abgestattet habe. Sie schrie mich an: Wenn ich den Kerl kriege, bringe ich ihn um."
Ich wusste doch, dass du dich daran erinnern wirst.

Auf der Rückfahrt nach Atlanta haben wir die Tage gezählt, bis ich wieder in Berlin sein würde. Ich weiß noch, es waren genau 72 Tage. Michael machte eine Vollbremsung. „Verdammt, ich habe etwas vergessen", murmelte er.
Er stieg aus dem roten Chrysler Cabrio und öffnete den Kofferraum. Mitten auf der Landstraße in Georgia. Das hier war ein anderes Georgia, als ich es in Atlanta kennen gelernt hatte. Hier gab es keine chromglitzernden Glaspaläste, sondern, versteckt hinter üppiger Vegetation, heruntergekommene Holzhäuser und Mobile Home-Parks, die von der Armut der Bewohner des Südens erzählten.
„Was ist?" fragte ich erstaunt.
Er stieg wieder ein, lächelte hintergründig und gab mir ein Päckchen.
„Ich könnte mich ja vielleicht auf die Suche nach einer größeren Wohnung machen", meinte er.
In dem Päckchen war ein Brillantring.
„Bist du verrückt?" fragte ich ihn.

„Wieso, wir werden einfach mehr Platz brauchen, wenn du in 72 Tagen zurück bist."

„Das meine ich nicht, ich meine den Ring."

„Ach so und ich dachte schon, du willst nicht meine Frau werden?" sagte Michael und schaute angestrengt geradeaus aus dem Fenster.

„War das ein Heiratsantrag?"

„Was sonst, du Doofkopp."

„Äh, ja", sagte ich und streifte mir den Ring über.

„Heißt das, du willst", fragte er, immer noch geradeausguckend.

„Na klar, Doofkopp."

Und dann gab Michael Gas. Er raste wie ein Bekloppter die Landstraße entlang und hupte.

„Sie will meine Frau werden. Leute, hört ihr, sie will meine Frau werden, sie will, sie will, sie will."

Wir haben Tränen gelacht.

„Sei still", habe ich gesagt, „hier versteht dich sowieso keiner."

Was nicht ganz stimmte, denn in diesem Moment wurden wir von einem Polizeiwagen angehalten.

„Everything's okay, man, she wants to marry me", versuchte Michael sein ungebührliches Verhalten zu erklären.

„Oh boy, good luck, but be careful, it's dangerous", sagte der Polizist und fuhr grinsend davon.

Wie Recht er doch hatte.

Boulevard-Zeitung

Sybille Thalheim: „Ich bringe ihn um!"

„Wenn ich ihn kriege, bringe ich ihn um." Das hat Sybille T., 38 aus Berlin bereits vor einem Jahr angedroht. Der Ehemann der Angeklagten im Lichtenrader Küchenmessermord war im August 2007 spurlos verschwunden. Die Fahndung der Polizei nach den von ihm unterschlagenen 9,6 Millionen Euro blieb bis heute erfolglos. Michael Thalheim war im Februar 2009 mit 18 Messerstichen in einem Lichtenrader Hotel getötet worden. Am fünften Prozesstag sagte der in der Betrugsaffäre ermittelnde Polizeibeamte, Sybille T. habe ihm gegenüber mehrfach Tötungsabsichten geäußert. Der Prozess wird fortgesetzt.

Der sechste Prozesstag

Ich habe rasende Kopfschmerzen. Lieber Gott, lass diesen Prozess bald vorbei sein. Die Schöffin mit dem herzförmigen Mund sieht auch aus, als ginge es ihr heute nicht ganz so gut. Wahrscheinlich hat sie die halbe Nacht irgendeiner Freundin die grausige Geschichte der Sybille Thalheim erzählt und dabei zu viel Asti Spumante getrunken.

Auch Ulli zeigt erste Müdigkeitserscheinungen. Nach Warnkes Aussage sieht es nun wirklich nicht gut aus. Wie die Zeitungen das wieder genüsslich breitgetreten haben. Heute steht ein absoluter Zeugenmarathon bevor. Sie wollen meinen Charakter darstellen. Ich bin gespannt.

Noch als ich in Atlanta war, wurde mir ein Job in der neu geschaffenen Presseabteilung des Konzerns in Berlin angeboten. Ich jubilierte. Endlich konnte ich darangehen, meinen Traumberuf auszuüben. Und ich würde damit ganz ordentlich verdienen. Für den Anfang.

In meinen letzten 72 Tagen in Atlanta schwebte ich auf Wolken. In unseren täglichen Telefonaten schmiedeten Michael und ich Zukunftspläne. Wo wir heiraten wollten, wo wir wohnen wollten, wie wir wohnen wollten, was wir erreichen wollten. Es war die schönste, die unbeschwerteste Zeit meines

Lebens. Wir lebten in der Zukunft, die nach einer goldenen aussah.

Sie haben Kai-Uwe Blom eingeladen, meinen ehemaligen Chef im Konzern. Es wundert mich, dass er die Traute hat, sich hier vor der Öffentlichkeit zu präsentieren. Wahrscheinlich konnte er nicht anders. Denn eigentlich ist für den Konzern jede Berührung mit mir absolut political incorrect.

Im Juli war ich endlich wieder zu Hause. Ach, wie habe ich es genossen. Ich sollte erst im September meinen neuen Job antreten. So blieben mir also noch sechs Wochen, um mich unbeschwert in die Zukunft zu verlieren. Michael und ich hatten beschlossen, in der Stadt wohnen zu bleiben. Wir waren beide im Villenbezirk Zehlendorf aufgewachsen, da wollten wir erst später wieder hin. Und so ein Haus, wie Ulli und Gabi es hatten, kam für uns nicht in Frage. Zu kleine Zimmer, zu verwinkelt. Das braucht man, wenn man eine Familie hat, beschlossen wir. Und mit der Familie hatte es bei uns noch Zeit, jetzt war erst mal die Karriere dran.

Und dann fanden wir genau das, was wir gesucht hatten: 130 Quadratmeter Stuckaltbau in der Wielandstraße, 150 Meter vom Kudamm entfernt. Die Quadratmeterpreise waren zwar schwindelerregend, aber Michael meinte, wir könnten uns das leisten, jetzt, wo ich, wie Michael Augen zwinkernd sagte, „ein paar Cent dazu verdienen" würde. Also unterschrieben wir den Mietvertrag, auch wenn mir angesichts der monatlichen Kosten fast schlecht war.

Am Wochenende wandelten wir durch die Designerläden, dann waren die Antiquitätengeschäfte dran. Uns schwebte als Einrichtung eine Mischung zwischen Litchfield Plantation und italienischem Design vor.

Unsere Hochzeit haben wir ebenfalls geplant: In der zweiten Augustwoche wollten wir heiraten. Komisch, die wichtigsten Dinge meines Lebens passieren immer im August.

Blom ist total verkrampft. Kunststück, bei dem Medienaufgebot. Er hat schon immer eine fürchterliche Angst vor den Medien gehabt. Was für den Chef Konzerndarstellung nicht gerade eine gute Voraussetzung ist.

Hupend fuhr der Hochzeitskonvoi über die Otto-Suhr-Allee. Nein, das war keine Türkenhochzeit, das waren wir. Michael und ich saßen in einem weißen Rolls Royce, den wir gemietet hatten. Der Fahrer sah kaum etwas durch das riesige Blumenbouquet, das auf der Motorhaube angebracht war. Hinter uns folgten unsere Trauzeugen Ulli und Gabi in ihrem schwarzen Mercedes, dahinter meine Eltern, ebenfalls im schwarzen Mercedes. Eigentlich waren alle Wagen schwarz, auch die unserer Freunde. Man fuhr offensichtlich schwarz im August 2002.

Wir hatten die ganze Hochzeitsgesellschaft in unsere neue, noch leere Wohnung eingeladen, die wir mit einem Catering-Unternehmen in eine Hochzeitslandschaft verwandelt hatten. Natürlich wollte ich meinen Freunden zeigen, dass ich gelernt hatte, wie man ein Event inszeniert.

Eine Band stand im Wohnzimmer und intonierte „Treulich geführt", als wir die Wohnung betraten. Und wieder wurden die Taschentücher gezückt. Mutti und Gabi hatten schon auf dem Standesamt um die Wette geschluchzt. Bei der eher nüchternen Zeremonie hätte ich fast laut gelacht. Aber hier, in unserem neuen Wohnzimmer, da flossen dann auch bei mir die Tränen. Es gab Entenstopfleber auf Feigen (bei 30 Grad!), Zander im Spinatbett, Ente in Cassisjus und Reden, Reden, Reden.

Mein Vater drohte Michael an, ihn umzubringen, wenn er mich nicht glücklich machen würde, Ulli küsste die Braut öfter als es Michael lieb war, Tanten, Onkels und Cousinen, die ich seitdem nie mehr gesehen habe, tranken über den Durst.

Als wir beim Kaffee angelangt waren, verdunkelte sich der Himmel. Ein Blitzschlag erleuchtete die mit über hundert Kerzen dekorierte Wohnung und dann brach der Weltuntergang über uns herein. Es regnete, als ob da oben jemand die Schleuse aufgemacht hätte.

Ich weiß nicht mehr, wer die Idee hatte, zum Kudamm zu laufen. Die halbe Hochzeitsgesellschaft lief hinaus, wir rannten durch den Regen, die Schuhe in der Hand und sangen: „Just walking in the rain". Michael und Ulli waren so schlau gewesen, beim Hinauslaufen ein paar Flaschen Champagner zu greifen. Und so saßen wir dann, nass wie junge Katzen, auf den Treppenstufen eines Herrenausstatters am Kudamm, tranken Champagner aus der Flasche und lachten und lachten und lachten. Bis Ulli auf die Idee kam, eine Runde Currywurst zu schmeißen. „Endlich was Anständiges zu essen", sagte Michael.

Jetzt stellt er mir ein Zeugnis aus. Kai-Uwe Blom. Ich werde es ihm nie vergessen, wie er mich dieses eine Jahr ganz am Anfang hat leiden lassen. Dafür habe ich es ihm gegeben.

„Frau Thalheim hat sehr gute Arbeit geleistet. Sie war ehrgeizig und wollte so schnell wie möglich Karriere machen."

Fehlt nur noch, dass er sagt, ich war pünktlich.

Mein neuer Job im Konzern. Ich stürzte mich wie eine Wahnsinnige hinein. Täglich meinte ich, zeigen zu müssen, dass ich besser arbeiten konnte als alle anderen zusammen. Was mir innerhalb von Wochen die Antipathie der gesamten, neu geschaffenen Abteilung eintrug. Abends saßen Michael und ich in unserer neuen Küche und redeten über meine Aufgaben, über Konzerne, seine Mandanten, über die Wirtschaft und die miese Stimmung in der Stadt. Ab und an warnte mich Michael auf seine sanfte, zurückhaltende Art, wenn ich wieder einmal mit leuchtenden Augen erzählte, wie ich vor allen geglänzt hatte.

„Pass auf Bille, du brauchst die anderen vielleicht noch, versuch' doch, dir Freunde zu machen."

Theoretisch wusste ich ja, dass er Recht hatte. Nicht umsonst hatte ich neben Publizistik auch Betriebswirtschaft studiert. Ich hatte alles gelernt, was man über Netzwerke lernen konnte. Aber ich war eine Frau, eine hübsche und überaus talentierte Frau, die in einem Aquarium mit männlichen Piranhas schwamm. Meine Herren Kollegen versuchten, mich als kleines, dummes Mädchen hinzustellen. Wenn ich eine gute Idee hatte, wurde sie als „Kleinmädchenkram" abgetan.

So nicht, meine Herren, hatte ich beschlossen.

Michael hatte bereits einige Erfahrung mit Konzernen sammeln können. Er beriet einige große Firmen und hatte deshalb wesentlich weniger Illusionen als ich.

„Es geht nicht darum Recht zu haben, Bille. In Konzernen haben immer die Chefs recht, du bist nur dazu da, es auszuführen."

Was mich damals so gnadenlos auf die Palme brachte, war die Angst, die meine Kollegen vor dem Vorstand hatten. Bloß niemanden mit etwas Neuem aufschrecken. Das also war unser neues Leben: 70-Stunden Wochen und durchdiskutierte Nächte in der Küche.

„Frau Thalheim zeichnete sich durch eine gewisse Rücksichtslosigkeit aus. Wir hielten sie für teamunfähig. Sie hat sich ausschließlich um das Vorankommen ihrer Karriere gekümmert," sagt Kai-Uwe Blom.

Stimmt leider, denke ich.

Natürlich lief ich prompt ins aufgeklappte Messer. Der deutsche Vorstand wollte eine Pressekonferenz, hatte aber nur am Freitagabend, um 16.30 Uhr Zeit. Ich habe mich geradezu darum geprügelt, die Pressekonferenz zu organisieren, obwohl ich wusste, wie heikel ein solcher Termin sein konnte. Aber ich habe gedacht, vielleicht kann ich ihn zu einem anderen Termin überreden, wenn ich ihm erkläre, warum Freitag, 16.30 Uhr, eine schlechte Zeit sei.

Meine Kollegen haben nur gegrinst und mich machen lassen. Und dann bin ich wie der Engel mit dem Flammenschwert losgezogen und habe mir Beulen geholt. Meine Umstimmungsversuche in Form von Aktennotizen verendeten – Gott sei Dank - im Sekretariat. Der persönliche Assistent zieh mich der Inkompetenz, als ich die Einladung vorlegte.

„Herrgott, kapieren Sie eigentlich, worum es hier geht", schrie er durchs Telefon.

„Natürlich verstehe ich, worum es geht, aber wenn ich keinen anderen Termin bekomme, muss ich schon einen Knüller bieten, damit überhaupt ein Journalist kommt."

„Das möchte ich aber dann doch schriftlich haben", sagte er und ich Idiot gab es ihm schriftlich.

Man muss sich das mal vorstellen. Ich, Sybille Thalheim, fabrizierte eine Aktennotiz, in der stand, dass sich kein Journalist am Freitagabend, um 16.30 Uhr, für die Ergüsse des Großen Vorsitzenden zum Thema Diversifizierung interessieren würde, weil Journalisten gemeinhin um diese Zeit bereits mit Frauen und Kindern auf ihrer Datsche sitzen würden. Deshalb hatte ich einen, wie ich glaubte, wirklichen Knüller in die Einladung eingebaut: Ich hatte Aussagen zum Thema Arbeitsplätze in Deutschland versprochen. Natürlich konnte ich nicht wissen, dass der Vorstand gerade plante, rund zweitausend Leute in Deutschland zu entlassen. Natürlich hatte ich es gut gemeint. Aber einem Vorstand schriftlich zu bestätigen, dass er nicht interessant genug sei, am Freitagabend …. Na, lassen wir das. Ich werde noch heute rot, wenn ich daran denke.

Kai-Uwe Blom, der Chef der Konzerndarstellung, lächelte süffisant, als er mir die korrigierte Einladung gab. Danach durfte ich ein Jahr lang Einladungslisten Korrektur lesen, Texte für Fachmagazine schreiben und bei Veranstaltungen die Giveaways verteilen. Willkommen in der großen weiten Welt der Öffentlichkeitsarbeit. Das hatte ich bei der PR-Agentur bereits in der ersten Woche als Volontärin getan.

Gabi hatte wieder angefangen zu studieren. Die Zwillinge waren jetzt in einer Kinderkrippe untergebracht und nachmittags half ein französisches Au-pair-Mädchen über den gröbsten Arbeitsanfall hinweg. Trotzdem hatte sich unser Verhältnis geändert. Unsere Welten waren einfach zu verschieden geworden. Es gab keine Weiberabende mehr, an denen wir das Leben an sich und im Besonderen durchhecheln konnten. Mir fehlte meine beste Freundin, aber was sollte ich auch erzählen von meinem aufregenden Leben als Einladungslistenkorrekturleserin. Ich lernte also kochen.

Kai-Uwe Blom robbt sich langsam vor: „Frau Thalheim war sehr zielstrebig, nicht unbedingt systematisch. Aber was sie sich vorgenommen hatte, setzte sie auch durch, im Ernstfall auch gegen ihre Kollegen. Das machte sie nicht unbedingt beliebt."

Michael brachte mich auf die rettende Idee mit der Mitarbeiterzeitung. Ich entwarf ein Exposé und wanderte damit zu meinem Abteilungsleiter. Ein paar Monate hörte ich nichts. Dann war es so weit: Die Presseabteilung durfte eine Mitarbeiterzeitung für alle Standorte in Deutschland herausgeben: 11.000 Auflage. Und ich durfte sie schreiben. Was an sich nicht so interessant war. Aber ich musste die Interviews machen. Und so gelangte ich, bewaffnet mit einem Kassettenrecorder in die Zimmer der Vorstände. Ich war wieder im Rennen.
    Diesmal allerdings habe ich meine guten Rat- und Vor-

schläge für mich behalten und jede Zeile mit den Kollegen abgestimmt.

Michael war jetzt immer häufiger auf Geschäftsreisen. Ich auch, denn ich musste die verschiedenen Konzernstandorte aufsuchen. Wir sahen uns also immer seltener. Unsere Wohnung war in der Anfangsphase des Einrichtens stehen geblieben, denn wenn wir mal ein gemeinsames Wochenende hatten, gab es anderes zu tun, als Möbel anzuschauen. Wir saßen immer seltener in der Küche und immer häufiger in den Restaurants der Umgebung. Im Grunde lebten wir wie vor unserer Ehe.

„Sybille Thalheim nutzte, wenn es ihr sinnvoll erschien, auch die Krankheit anderer, um selbst vorwärtszukommen." Ich wusste doch Blom, dass du nicht vergessen hast, wie ich an dir vorbeigezogen bin.

Ich hatte aus meiner Schlappe gelernt und mir die Assistenten der Vorstände zu Freunden gemacht. Dabei ging zwar eine Menge Zeit drauf, die ich lieber mit Michael verbracht hätte, aber es brachte mich weiter. Ich durfte jetzt ab und zu kleinere Pressekonferenzen moderieren und Projekte auch schon mal (fast) eigenständig durchführen.

Der Durchbruch kam im April 2005. Bei der ängstlich erwarteten Bilanzpressekonferenz passierte es: Der Pressesprecher des Konzerns kippte ganz einfach vom Stuhl. Herzinfarkt. Ich handelte wie in Trance. Über Walkie-Talkie rief ich die Johanniter, die sowieso in der Halle Dienst hatten. Dann ging ich ans Mikrofon und bat die Journalisten um eine kleine Pause. Die Mitglieder des Vorstands waren so entgeistert, dass sie nicht eines klaren Gedankens fähig waren. Sie ließen mich einfach machen. Meine Kollegen von der Presseabteilung liefen wie die Ameisen ungezielt durcheinander, ich griff mir Sprechzettel und

Ablauf, schaute dem Vorstandsvorsitzenden fest in die Augen und sagte:

Wenn Sie wollen, kann ich übernehmen.

„Ja, ja, natürlich", murmelte dieser. Ihm war es egal, wer moderiert, Hauptsache die Bilanzpressekonferenz war so schnell wie möglich überstanden. So wurde ich die Pressesprecherin eines Weltkonzerns.

Kai-Uwe darf abtreten. Wie muss er es genossen haben, mir damals meine Kündigung zu überreichen. „Sie müssen verstehen, Frau Thalheim …"

Kurz vor Weihnachten 2005 passierte die erste wirkliche Katastrophe meines Lebens. Mutti rief im Büro an. Das war ungewöhnlich, denn normalerweise war sie von meinem Vater so erzogen worden, dass man im Büro nicht stört. Meine Sekretärin legte mir den Zettel auf den Tisch.

„Vati ist mit der Feuerwehr ins Krankenhaus gebracht worden, Darmverschluss."

Ich weiß nicht, wie ich diesen Tag überstanden habe. Ich konnte nicht sofort weg, da ein Mittagessen mit Journalisten und unserem Vorstand angesetzt war. Danach fiel ich zitternd ins Taxi. Ich kam zu spät. Vati war während der Notoperation gestorben.

Mutti zog bis nach Weihnachten zu uns. Ach, wie liebevoll hat Michael sich um sie gekümmert. Michaels Eltern waren bereits beide tot, er hatte Mutti adoptiert. Auch für mich war eine Welt untergegangen. Ich hatte meinen Vater abgöttisch geliebt. Warum habe ich ihm das nicht noch einmal so richtig sagen können?

Sie haben doch tatsächlich Irene Semmler ausgegraben. Die Semmler hat jahrelang für meine Eltern geputzt und später auch für mich. Ich habe Frau Semmler immer gemocht. Ihre kleinen Wehwehchen gehörten ebenso zu unserem Familienalltag wie ihre großen Katastrophen. Und die passierten in ihrem Leben eigentlich ständig. Die Semmler war mit meinen Eltern alt und grau geworden. Sie muss jetzt fast siebzig sein, ich habe sie lange nicht mehr gesehen.

Zu meinem größten Erstaunen hat mein Vater mir dreihundertfünfzigtausend Euro vermacht. Ich war davon ausgegangen, dass Mutti alles bekommen würde. Daddy hatte mir das Geld mit einer Auflage hinterlassen: Ich sollte davon ein Haus kaufen. Er hatte wohl gemeint, dass man früh genug damit anfangen muss. Und Mutti war gut versorgt.

„Sybille Thalheim war ein verzogenes Mädchen. Sie hat sich nie um den Haushalt gekümmert, weder bei ihrer Mutter noch als sie verheiratet war."
Hilfe, was habe ich der Semmler denn angetan? Natürlich musste ich ihr kündigen, wovon hätte ich sie denn noch bezahlen sollen?

Irgendwann hörte ich meine biologische Uhr ticken. Immer öfter redeten Michael und ich jetzt über ein Kind. Der Tod meines Vaters hatte mich wieder auf die wesentlichen Dinge des Lebens gebracht. Beruflich hatte ich erreicht, was ich erreichen wollte. Wir machten uns also auf die Suche nach einem Haus. Das war nicht ganz so einfach, wie ich gedacht hatte. Denn die Immobilienpreise waren dermaßen gestiegen, dass das, was uns gefiel, schlicht nicht erschwinglich war. Wir waren inzwischen an große Räume, Stuckdecken und Parkett gewöhnt. Ich setzte die Pille ab.

„Der Thalheim war ihre Karriere immer wichtiger als ihre Familie. Ihre Mutter hat sehr darunter gelitten, dass sie nach

Amerika gegangen ist, statt zu heiraten. Gott sei Dank wusste ihre arme Mutter nicht, dass sie in der Zeit noch eine Abtreibung gemacht hat."

Himmel, ich Idiot. Das hatte ich der Semmler tatsächlich in einer schwachen Stunde mal erzählt. Bille, du redest zu viel!

Und dann standen wir vor unserem Traumhaus. Eine Villa von 1906 in Berlin-Zehlendorf, in der Nähe vom Schlachtensee. 1,1 Millionen. Lieber Gott, 1,1 Millionen. Wir streiften durch den verwilderten Garten, die wunderbaren Räume und träumten. Fünfhunderttausend bekamen wir gerade noch mit dem von meinem Vater und von Michaels Eltern ererbten Geld zusammen. Wir brauchten also sechshunderttausend. Die Kreditkosten würden uns umbringen.

Trotzdem zeigten wir Mutti das Haus. Sie war so begeistert, dass sie uns einen Vorschlag machte: Das Haus, das sie in Dahlem bewohnte, war für sie alleine sowieso zu groß. Sie würde es verkaufen und wir könnten mit dem Geld und einem Kredit die Villa kaufen.

Sie hatte eine Bedingung: Die Einliegerwohnung im hinteren Teil des Hauses wollte sie dafür mietfrei beziehen. Michael und ich haben lange darüber diskutiert. Und dann haben wir es gemacht. Wir kauften das Haus.

„Die Sybille und ihr Mann waren völlig rücksichtslos. Die Thalheims haben sogar der alten Frau Wiegand, was die Mutter von der Sybille ist, das Haus weggenommen. Frau Wiegand musste das Haus verkaufen, damit die Thalheims diese Protzvilla in Zehlendorf kaufen konnten. Dafür durfte Frau Wiegand dann in den Keller ziehen. Na danke, habe ich damals zu Frau Wiegand gesagt, wie können Sie so etwas nur zulassen. Aber sie wissen ja, wie Mütter sind."

Na danke, Frau Semmler, wenn ich gewusst hätte, wie sie über mich denken, hätte ich mir wohl das jährliche Weihnachtsgeld, die Zuschüsse zu ihren Urlaubsreisen und die vielen kleinen Aufmerksamkeiten erspart, mit denen ich versucht habe, ihr Leben leichter zu machen. Und ihre dämlichen Katastrophengeschichten hätte ich mir dann auch nicht angehört.

Das neue Haus war himmlisch. Ich stürzte mich kopfüber in die Pflege und Umgestaltung des parkähnlichen, aber völlig verwilderten Gartens. Während ich zu Hause bei Mutti um jede Schaufel einen großen Bogen gemacht hatte, hier konnte ich gar nicht genug bekommen vom Buddeln. Die Sammlung englischer Gartenbücher schwoll an. Mutti saß manchmal am Wochenende auf der Terrasse und schaute ihrer Tochter kopfschüttelnd zu.
   Sie war die entzückendste Mitbewohnerin, die man sich denken konnte. Die meiste Zeit war sie nicht da. Mutti hatte Italien entdeckt. In Montegrotto ließ sie sich Fango um den Leib wickeln und genoss wahrscheinlich zum ersten Mal in ihrem Leben die Freiheit. Wenn sie zwischendurch zu Hause war, dann traf sie sich mit Freundinnen, von denen ich vorher nie etwas gehört hatte. Kurzum, Mutti störte nicht. Außer, wenn sie sich immer öfter erkundigte, ob ich denn nicht bald schwanger sei. Ich wurde einfach nicht schwanger. Wir übten und übten …

„Na das mit dem Küchenmesser hat die Thalheim doch vorher an dem Stoffbären ausprobiert." Der Satz platzt wie eine Bombe in den Gerichtssaal. Ich sehe direkt, wie Ulli die Luft anhält. Ulli, jetzt heißt es Ohren anlegen.
Nachdem wir die Villa gekauft hatten, waren wir wieder öfter mit Gabi und Ulli zusammen. Die Zwillinge waren inzwischen in der Vorschule, Gabi hatte ihren Facharzt und meine eigenen Ambitionen liefen so sehr in Richtung Familie, dass mich zwei

tobende Kinder nicht mehr störten. Ich fand es herrlich, wenn sie laut quiekend durch unser Haus rannten und stellte mir vor, wie es mit unseren eigenen werden würde. Denn darin waren Michael und ich uns einig: Zwei sollten es schon sein. Wir hatten zwei Zimmer im Haus noch nicht eingerichtet, wir haben sie von Anfang an die Kinderzimmer genannt. Meinen Job sah ich jetzt als Zeitvertreib an, bis es so weit wäre.

„Irgendwie ist es ja albern, eine erwachsene Frau mit einem Stoffbären. Das Ding war doch bloß ein Staubfänger. Er saß immer in der Küche auf der Fensterbank. Und eines Tages, nachdem ihr Mann die Kurve gekratzt hatte, hat sie ihn massakriert. Mit einem Küchenmesser nehme ich an. 17 Löcher vorne, aus denen die Füllung rausquoll, eines im Rücken. Und den Kopf von dem Ding hat sie auch versucht, abzuschneiden. Sie hat wohl gedacht, dass ich das nicht sehe, weil sie ihn in den Müll geschmissen hat, aber ich habe das Ding sofort gesehen. Da ist mir doch ganz anders geworden, damals schon. Ich hatte seitdem das unbestimmte Gefühl, dass noch was Schlimmes passieren würde."

Die Zuhörer im Gerichtssaal werden unruhig. Ja, ich hatte meine Tat nicht nur geplant, sondern sie an Alter Ego sogar ausprobiert. Einige Journalisten stürmen nach draußen. Schnell eine Meldung machen. Ulli wirft mir einen tiefgründigen Blick zu.

Ich habe mich so oft gefragt, ob Michael sich verändert hatte. Mir war nichts aufgefallen. Obwohl Michael sich inzwischen einen Namen als einer der „großen" Anwälte der Stadt gemacht hatte, war er immer noch der jungenhafte, zurückhaltende, zärtliche Mann, in den ich mich einmal verliebt hatte. Mit Michael konnte man nicht streiten. Wenn ich wieder einmal einen meiner berühmt-berüchtigten Koller bekam, dann stand er einfach auf und ging auf die Toilette. Wir haben uns immer so wunderbar ergänzt. Michael kümmerte sich um alles, was Finanzen und Rechtsgeschäfte hieß, ich kümmerte mich sozusagen um die Software.

Immer häufiger hatten wir große Gesellschaften zu Gast in unserem Haus, die ich inzwischen auch furios bekochen konnte. Und jeden Monat habe ich gebetet: Lieber Gott, bitte, lass meine Regel ausbleiben. Gabi, die inzwischen eine Praxis als Frauenärztin führte, hatte mir bestätigt, dass bei mir alles in Ordnung sei. Ich hatte schon Angst gehabt, dass ich für die Abtreibung damals bestraft werden würde.

Jetzt ist der Psychiatrische Gutachter dran. Ich bin ihm mehrmals vorgeführt worden, eigentlich habe ich das Gefühl, dass er zu meinen Gunsten aussagen wird. Er heißt Dr. Lutz Bergmann und ist knapp vierzig. Seine spiegelblanke Glatze hat mich immer fasziniert. Ich habe mich gefragt, ob er sie mit irgendwas poliert.

Es war ein wunderschöner Urlaub. Die Luft war wie Seide, das karibische Meer türkisgrün und wir in guter Stimmung. Die Band spielte unser Lied: „Lady in Red" Wir tanzten eng umschlugen in der kleinen Bar, unten am Strand. Michael wurde so wild, dass unser Tanz fast etwas Pornografisches bekam. „Komm", flüsterte er mir ins Ohr, als die Musik verklungen war. Wir zogen uns die Schuhe aus und liefen am Strand entlang in die kleine Bucht, wo wir uns unter einem Gummibaum liebten, als sei es das erste Mal.

„Sybille Thalheim leidet an einer begrenzten Amnesie. Durch das Verschwinden ihres Ehemannes war ihr ganzes Leben zusammengebrochen, sie ist schwer traumatisiert. Sie hat die entstandenen Enttäuschungen und Verluste durch Rachegedanken kompensiert. Als sie hörte, dass ihr Ehemann gesehen worden war, hat sich ihr Aggressionsstau mit einer solchen Vehemenz gelöst, dass sie meines Erachtens nach vorübergehend unzurechnungsfähig war. Ich gehe davon aus, dass Frau Thalheim ihren Ehemann getötet hat. Da diese Tat sich aber mit ihrer sonstigen Persönlichkeit nicht deckt, weigert sich, laienhaft ausgedrückt, ihr Gedächtnis, das Geschehene zu verifizieren."

Jetzt wird es spannend.

„Herr Dr. Bergmann", fragt die Vorsitzende Richterin, „ist die Angeklagte ihres Erachtens nach schuldfähig."

Bergmann legt eine Schweigesekunde ein, die sich zu Minuten auszudehnen scheint.

„Wenn Sie von mir wissen wollen, ob die Angeklagte im Vollbesitz ihrer geistigen Kräfte war, dann muss ich sagen ja. Sie hat ganz offensichtlich sogar sehr logisch und vorausschauend gehandelt. Wenn Sie von mir wissen wollen, ob die Angeklagte im Affekt gehandelt hat, dann würde ich trotzdem sagen, ja, sie hat ihre Rachephantasien, die für ihre seelische Hygiene überlebensnotwendig waren, im Affekt in die Tat umgesetzt. Bitte stellen Sie sich das in etwa so vor: Die Angeklagte ist erst frustriert und dann wütend. Sie kann ihren Frust und ihre Wut allerdings an niemandem auslassen. Erst als sie die Nachricht bekommt, dass ihr verschwundener Ehemann wieder auftaucht, hat sie endlich ihr Zielobjekt gefunden. Alle Frustration, alle Wut richten sich gegen Michael Thalheim, ihren Ehemann. Und im Augenblick der Konfrontation hat sie sozusagen einen Nervenzusammenbruch. Sie setzt, ohne es wirklich zu wollen, ohne es wahrzunehmen, ihre Rachephantasien in die Tat um. Nein, Frau Thalheim ist meiner Meinung nach nicht schuldfähig."

Im Gerichtssaal bricht ein Tumult aus. Die Vorsitzende Richterin hat Mühe, die Verhandlung zu schließen. Keiner hört mehr zu, die Journalisten haben bereits den Raum verlassen.

Der 7. Tag

Berliner Tageszeitung

Der eiskalte Engel
Sybille Thalheim im Spiegel der Zeugen

Berlin - Tumult vor dem Schwurgericht Moabit: Der Psychiatrische Gutachter erklärt Sybille Thalheim für schuldunfähig. Die 38jährige ist angeklagt, ihren Ehemann Michael Thalheim im vergangenen Februar in einem Lichtenrader Hotel erstochen zu haben. „Die aufgestauten Aggressionen, die Rachephantasien, die für sie überlebensnotwendig gewesen sind, haben sich im Affekt entladen und zur Tat geführt." Deshalb könne Frau Thalheim sich nicht an die Tat erinnern, sie passe nicht zu ihrer Persönlichkeit.

Am sechsten Prozesstag haben weitere Zeugen versucht, die Persönlichkeit der 38jährigen Angeklagten darzustellen. Glaubt man den Zeugen, die heute vor Gericht erschienen, so war Sybille Thalheim eine kalt kalkulierende Frau: Ihr erstes Kind ließ sie abtreiben, um Karriere zu machen. Sie verließ ihre Eltern und ihren Verlobten, um in Atlanta eine Ausbildung zu absolvieren. „Nicht teamfähig", lautete das Urteil ihrer ehemaligen Kollegen. Sie nutzte den Herzinfarkt eines Kollegen, um seine Position als Pressesprecher zu bekommen. Sie nahm ihrer Mutter das Haus weg, um selbst eine Villa zu kaufen. In rasender Wut stach sie auf einen Stoffbären mit exakt der gleichen Anzahl Stiche ein, mit denen ihr Ehemann getötet wurde. Die Vernehmung der Zeugen ist abgeschlossen. Der Prozess wird in der kommenden Woche mit den Plädoyers des Staatsanwalts und des Verteidigers fortgesetzt.

Der siebente Prozesstag

Heute geht es in die entscheidende Runde. Ulli wird sein Plädoyer halten. Ich bin erstaunlich gelassen. Ganz im Gegenteil zum letzten Prozesstag, der mich ziemlich mitgenommen hatte. Die ganze Woche über ist mir Irene Semmler nicht aus dem Kopf gegangen. Wie Menschen doch böse denken können. Und natürlich der Psychiatrische Gutachter. Er könnte recht haben, aber hat er recht? Ich glaube immer noch nicht, dass ich es wirklich getan habe. Der Gerichtssaal ist heute noch voller als an den letzten Gerichtstagen.

Ulli ist nervös. Ich sehe es daran, wie er mit dem Kugelschreiber spielt. Mein Gott, ich kenne dich so gut Ulli.

Nervös saß ich im Wartezimmer von Gabis nagelneuer Praxis. Sie hatte zusammen mit einer Kollegin eine Praxis von einem Onkel auf Rentenbasis übernommen. Die beiden Mädels teilten sich den Dienst, morgens war Gabi dran, nachmittags ihre Kollegin. Meine Regel war ausgeblieben.

Bitte, bitte, lieber Gott, flehte ich innerlich, lass es diesmal geklappt haben. Ich war 36 Jahre alt, viel Zeit blieb mir nicht mehr, um Mutter zu werden. Die Minuten des Wartens zogen sich zu Stunden. Ich blätterte in den Heften mit den Ratschlägen für werdende Mütter. Mein Hals war trocken, meine Zunge fühlte sich an, als sei sie ein Tempotaschentuch.

Ich hatte jeden Tag vor dem Spiegel gestanden und geschaut, ob meine Brüste sich verändern würden. Nichts tat sich. Ich hoffte auf morgendliche Übelkeit, aber auch die wollte sich nicht einstellen. Endlich bat mich die Sprechstundenhilfe in Gabis Besprechungsraum. Wir umarmten uns.

Der Staatsanwalt sieht meine Schuld als erwiesen an. Das Bild, das er von mir malt, ist das einer eiskalten Frau, die aus Enttäuschung die Tötung ihres Ehemannes fein säuberlich plant und dann durchführt. Er versucht herauszuarbeiten, dass meine Amnesie ebenso ein Teil meines Planes gewesen sei, wie die Tötung meines Ehemannes mit dem Küchenmesser.

„Frau Thalheim ist bekannt als eine Frau, die ihr Ziel mit allen Mitteln erreicht. Sie machte sich die Krankheit eines Kollegen für ihre Karriere zu Nutze, eine große Erbschaft reichte ihr nicht. Sie brachte ihre Mutter auch noch dazu, ihr Haus zu verkaufen, damit sie selbst die von ihr gewünschte Villa kaufen konnte. Menschenleben bedeuten Sybille Thalheim nichts: Als sie ein Baby erwartete, stand es ihrer Karriere im Wege. Sie ließ es kurzerhand abtreiben. Sybille Thalheim ist ehrgeizig. Sybille Thalheim ist intelligent. Sybille Thalheim hat in ihrem Leben alles in die Tat umgesetzt, was sie sich vorgenommen hat. Sybille Thalheim wollte ihren Ehemann erstechen. Und Sybille Thalheim hat ihn erstochen. Sybille Thalheim erinnert sich angeblich an nichts. Ich bin sicher, dass sie sich genau an den 3. Februar 2009 erinnert.

Meine Damen und Herren, Sybille Thalheim hat ihren Ehemann Michael Thalheim vorsätzlich und grausam ermordet. Die Staatsanwaltschaft sieht nur lebenslängliche Haft als angemessene Strafe für Sybille Thalheim."

„Ich bin seit zwei Wochen überfällig", sagte ich, als ich endlich vor Gabis Schreibtisch saß.

„Na dann wollen wir mal nachschauen". Gabi gab mir einen Plastikbecher und schickte mich mit Daumendruck auf die Toilette. Während die Praxishelferin den Urin auswertete, untersuchte mich Gabi auf ihrem High-Tech-Stuhl.

„Was ist", fragte ich ängstlich. Die Sprechstundenhelferin kam mit dem Ergebnis herein.

„Alles okay", sagte Gabi, „du kannst dich anziehen".

„Nun sag' schon, bin ich schwanger?"

Jippphh.

Und dann stand ich da, in diesem weißen Raum, unten ohne und umarmte meine Freundin. Mir liefen die Tränen herunter, während ich Frau Doktor immer wieder in die Rippen boxte. Wir haben gelacht und getanzt, die Sprechstundenhilfe ist lächelnd geflohen. Am liebsten wäre ich, halb nackt wie ich war, auf die Straße gelaufen und hätte gerufen: Ich bin schwanger!

„Bille, du kannst dich jetzt wirklich anziehen", lachte Gabi.

„Okay, okay, ich benehme mich unmöglich", sagte ich, „ich weiß ja, deine Patienten warten."

„Quatsch, du benimmst dich normal. Weißt du, deshalb bin ich Frauenärztin geworden."

Ich umarmte Gabi. „Bitte sag' Ulli noch nichts, ich bin sicher, dass Micha es ihm am Wochenende sagen möchte, wenn ihr zu uns kommt."

„Versprochen".

Jetzt ist Ulli dran. Ulli, bitte, sei nicht so nervös. Es ist doch egal, was die Richter sagen. Es ist egal, was der Staatsanwalt sagt. Es ist egal, wie lange sie mich einbunkern. Mein Leben kann mir keiner mehr wiedergeben.

Ich saß in meinem anthrazitfarbenen Firmen-Mercedes und sah so gut wie nichts. Mir liefen immer noch die Tränen herunter. Wir bekommen ein Baby. Ich übte diesen Satz, sagte ihn hundertmal auf der Fahrt nach Zehlendorf vor mich hin. Wir bekommen ein Baby. Wir bekommen ein Baby. Wie gut, dass ich einen Urlaubstag genommen hatte. Ich hätte an diesem Tag nicht mehr arbeiten können. In der Clayallee blühten die letzten Narzissen, Frühling in Berlin. Bei Kaiser's kaufte ich Vorspeisen für mindestens zwanzig Personen ein. Heute Abend wollte ich nicht kochen, ich wollte mit Michael zusammen sein und mich freuen.

Mutti war zu Hause. Ich hielt es natürlich nicht aus.

„Omi", rief ich ihr schon von weitem zu.

„Was hast du eben gerufen", frage sie, als ich mich neben ihrem Liegestuhl auf der Terrasse hinhockte.

„Omi", habe ich gerufen, „damit du dich schon mal daran gewöhnst."

„Heißt das …" fragte Mutti.

„Das heißt es, wir bekommen ein Baby."

Mutti weinte, ich weinte schon wieder, wir lagen uns in den Armen und drückten uns ganz fest.

„Das wurde aber auch Zeit, dass ihr mich endlich zur Oma macht", fand sie. „Schließlich will ich noch was von meinem Enkel haben. Weiß Micha es schon?"

„Nein, heute Abend werde ich es ihm sagen."

Wir haben noch lange in der bereits ungewöhnlich heißen Maisonne gesessen. Mutti hat Kaffee gekocht und mir erzählt, wie es war, als sie Vati mein Kommen ankündigte.

„Weißt du", hat sie gesagt, „du hast Glück. Michael will Kinder und außerdem lebt ihr schon in gesicherten finanziellen Verhältnissen. Das war bei uns damals anders. Zu der Engelmacherin, bei der ich beim ersten Mal war, als ich schwanger war, wollte ich auf keinen Fall wieder hin. Daran wäre ich fast gestorben.

Da war es leichter, Vati beizubringen, dass er sich gefälligst mit dir abfinden muss."

Das hatte ich nicht gewusst. Mein über alles geliebter Vater wollte mich nicht haben?

Ulli räuspert sich. Er schaut der Vorsitzenden Richterin fest in die Augen. Ich kenne diesen bezwingenden Blick von ihm. Mal sehen, ob sie widerstehen kann.

Ulli fasst mein Leben zusammen. Vor und nach dem Verschwinden von Michael. Es hört sich irgendwie komisch an. Mein bester Freund Ulli erzählt, wie ich mich gefühlt habe.

Du wirst niemals wissen, wie man sich fühlt, wenn du alles verlierst, was dir lieb ist. Das ist wie Zahnschmerzen. Wie weh Zahnschmerzen tun, weiß man immer nur in dem Moment, wenn man sie hat. Ich wünsche dir, mein lieber Ulli, dass du nie alles verlieren wirst, was du je geliebt hast.

Der Tag, an dem ich erfuhr, dass ich schwanger war: Ich schnitt Berge von Tulpen im Garten, der aussah, als hätte er sich extra für diesen Tag herausgeputzt. In meinem Staudenbeet lächelten 500 rote Darwintulpen auf die blauen Traubenhyazinthen hinab und strahlten mit den letzten gelben Narzissen um die Wette. Rund um unseren kleinen Teich leuchteten hunderte von Sumpfdotterblumen in ihrem satten Gelb. Die alten Scheinjasminbüsche verströmten bereits verschwenderisch ihren süßlichen Duft aus den ersten weißen Blüten und die Rhododendrenhecke stand kurz davor, in Lila, Rosa, Weiß und Magenta zu explodieren. Nie ist dieser Garten schöner gewesen, als an diesem Tag Anfang Mai, den ich als den glücklichsten Tag meines Lebens in Erinnerung behalten werde.

Michael wusste sofort, was los war, als er nach Hause kam. Unser Wohnzimmer sah aus, wie eine Einsegnungshalle. Ich hatte überall Kerzen aufgestellt, jede Schale, jede Vase war mit Blumen gefüllt. Unser Lieblingstisch, der in einem kleinen Erker stand, war gedeckt mit Champagnergläsern, ich hatte die goldene Weihnachtstischdecke mit den dicken Trotteln an der Seite aufgelegt und breitwürfig weiße Anemonenblüten darüber gestreut. Mit einem Blick erfasste er die Situation.

„Bille, sag' dass es stimmt", sagte er.

„Wir bekommen ein Baby, wir bekommen ein Baby!"

Ich hatte „unsere" CD aufgelegt, Michael nahm mich in den Arm und wir tanzten engumschlungen zu „Lady in Red". Es war das einzige mal in unserer Ehe, dass Michael geweint hat. Später nahm er mir den Champagner weg.

„Willst du, dass das Kleine auch betrunken wird?" fragte er liebevoll.

Ich aß ein Cornichon.

Ulli gibt sich Mühe. Er erzählt, wie ich mich auf mein Baby gefreut habe. Wieso sagt er nicht, dass Michael sich auch auf das Baby gefreut hat? Er ist doch fast ausgerastet vor Freude. Wir haben zusammen mit Gabi und Ulli das Baby fürchterlich gefeiert an diesem warmen Maiwochenende. Michael hatte Champagner kaltgestellt, wir haben bergeweise Spaghetti im Garten vertilgt und Michael präsentierte sich als stolzer, werdender Vater. Bitte Ulli, sag, dass es so war.

Es fiel mir schwer, in diesem Sommer zu arbeiten. Innerlich hatte ich mich bereits von meinem Job gelöst. Ich schwebte auf Wolken, die von keiner morgendlichen Übelkeit gestört wurden. Allerdings wurde mein Busen täglich schöner, was Michael durchaus zu würdigen wusste. Wir ließen die meisten gesellschaftlichen Verpflichtungen aus und genossen die Sommerabende in unserem Garten. Mutti hatte einfach ihre Reise nach Montegrotto abgesagt, weil sie fand, ich würde jetzt Hilfe brauchen. Jeden Abend, wenn wir nach Hause kamen, fanden wir liebevoll gekochte Leckereien vor. Mutti betuttelte mich wie eine Schwerkranke.

„Mutti, ich bin nicht krank, ich bin nur schwanger", sagte ich.

„Na und", antwortete sie trocken.

Alles war jetzt intensiver geworden. Michael und Mutti grinsten sich an, wenn ich am Tisch schnüffelte und feststellte, dass die „Apricot d'Arbay" heute besonders gut dufteten. Ich konnte allein vom Duft her die einzelnen Rosen unterscheiden. Die einen dufteten nach Pfirsich, die anderen wie Gesichtswasser, die nächsten wie Marzipan.

Mutti hatte Tapeten und Gardinenbücher heran geschleppt und wir diskutierten, wie wir das immer noch leer stehende Kinderzimmer einrichten würden. Wir warten, bis wir wissen, ob es ein Junge oder ein Mädchen wird, hatte ich entschieden.

„Aber man kann sich doch schon mal Alternativen überlegen", meinte Mutti und Michael war sofort dabei. Wir haben Namensbücher gewälzt und uns gegenseitig vorgelesen.

Wegen der Namen haben wir uns gestritten wie die Kesselflicker, denn jeder Name war natürlich Programm. Und so entwarfen wir uns unser Kind. Wie wir es wollten, was es für einen Charakter haben sollte, wie wir es erziehen würden. Mutti dachte sich wohl ihren Teil, schließlich war ich nicht gerade so gelungen, wie Mutti sich das vorgestellt hatte.

Ulli ist jetzt bei dem Abend vor Michaels Tod. Er fasst nochmals alle Zeugenaussagen zusammen:

„Sybille Thalheim sitzt einsam und verzweifelt in der Gaststube ihres Hotels an der Stadtgrenze. Sie isst nichts, sie trinkt, sie ist nervös, trommelt mit den Fingern auf das Tischtuch. Es beschäftigt sie die eine, immer wiederkehrende, bohrende Frage: Warum hat er mich verlassen? Und dann wird ihr irgendwie komisch. Sie geht auf die Toilette. Ihr ist so schwindelig, dass sie sich festhalten muss. Sie schlüpft durch die Hintertür, um ein bisschen frische Luft zu schnappen."

Mir wird schon beim Zuhören schwindelig. Nein, ich will mich nicht daran erinnern. Ich will nicht, ich will nicht. Ich will daran denken, wie schön es früher war.

An einem Abend im Juli zeichnete Michael unser Kind: Es hatte meine braunen Wuschellocken, kugelrunde braune Augen und den fein geschwungenen Mund und die klassische Nase des Vaters. In der vordersten Zahnreihe hatte Michael zwei Zähne fehlen lassen. Ja, genauso würde unser Kind in vier Jahren aussehen, da waren wir ziemlich sicher.

„Sybille Thalheim wankt in ihr Hotelzimmer", sagt Ulli.
Oh Gott, Ulli. Michael. Bitte nicht, ich will das nicht.

Die ersten Dahlien in meinem Küchengarten läuteten den August ein. Unseren fünften Hochzeitstag hatten wir nur für uns beide reserviert. Es war Sonnabend und Michael brachte mir das Frühstück ans Bett. Neben einer langstieligen roten Rose lag ein kleines Päckchen auf dem Tablett. Es enthielt eine Kette mit einem Einkaräter, passend zu dem Ring, den Micha mir auf der Interstate in Georgia überreicht hatte.

„Sie schließt ihr Zimmer auf und geht hinein. Sie zieht sich aus. Sie holt das Küchenmesser aus ihrer Tasche und legt es auf den Tisch."
In meinen Ohren saust das Blut. Ich habe Angst umzukippen. Ulli, bitte, Ulli, warum? Nein, nicht, lasst mich doch in Ruhe! Oh Gott, Michael. Das Blut. Dieses ganze Blut!

„Ich liebe dich, Bille, vielleicht sogar noch mehr als damals in Georgia", sagte Michael. Und wieder kam ein Gewitter mit einem

Landregen nieder. Wir liefen barfuß in unseren Garten und versuchten, die dicken Regentropfen mit der Zunge aufzufangen. „Just singing in the Rain".

Fünf Tage später war Michael verschwunden.

Ulli hat fünf Jahre gefordert. Tötung im Affekt. Ich habe Michael nicht im Affekt getötet. In mir schreit alles nein, nein, nein.

Die Vorsitzende Richterin fragt, ob ich noch etwas sagen möchte. Mir ist heiß, ich habe nasse Hände. In meinen Hals ist ein Kloß. Mein Herz rast. Also nicke ich nur.

„Angeklagte, bitte erheben sich."

Ich kann kaum stehen.

„Ich bekenne mich schuldig, den gewaltsamen Tod meines Ehemanns Michael Thalheim geplant und herbeigeführt zu haben."

Tageszeitung:

Überraschendes Geständnis im Thalheim-Prozess
Sybille Thalheim bekennt sich in allen Punkten der Anklage schuldig

Berlin – Am siebenten Prozesstag kam es zu einer überraschenden Wende im Thalheim-Prozess vor dem Schwurgericht Berlin. Nach dem Plädoyer des Verteidigers Ullrich Henke, der Totschlag mit verminderter Schuldfähigkeit als erwiesen ansah, stand die Angeklagte Sybille Thalheim (38) auf und bekannte sich in allen Punkten der Anklage des Staatsanwalts schuldig: „Ich bekenne mich schuldig, den gewaltsamen Tod meines Ehemanns Michael Thalheim geplant und herbeigeführt zu haben."

Der Verteidiger wurde blass, offensichtlich war dieses Geständnis nicht mit der Verteidigung abgesprochen. Es gab tumultartige Szenen im Gerichtssaal. Die Verteidigung beantragte eine Vertagung, der das

Gericht auf Wunsch von Sybille Thalheim nicht stattgab. Am Ende des Tages dann die Urteilsverkündung: Lebenslänglich. Sybille Thalheim wurde in die Frauenhaftanstalt Lichtenberg überführt.

2. Buch

Cosmos – Ausgabe 2, 13. Januar 2010
Titel: Sybille Thalheim – meine Geschichte ·Vorwort

Eine Frau bekennt sich schuldig, den Mord an ihrem Ehemann geplant und durchgeführt zu haben. Der Fall Sybille Thalheim hat wie kaum ein anderes Kriminaldelikt in den letzten Jahren die Öffentlichkeit beschäftigt und in zwei Lager gespalten. Du sollst nicht töten, unter keinen Umständen, so denken die einen. Man kann die Frau verstehen, so argumentieren die anderen. Wer ist Sybille Thalheim wirklich? Was ging in ihr vor, in den Wochen und Monaten, als ihr Leben zerbrach, was passierte mit ihr in den zwei Jahren, in denen ihr Mann spurlos verschwunden war? Jetzt erzählt Sybille Thalheim exklusiv im Cosmos, was wirklich geschah. „Sybille Thalheim – meine Geschichte" wird in sieben Teilen im Cosmos veröffentlicht. Sie wird von Frau Thalheim in der Frauenhaftanstalt Berlin-Lichtenberg geschrieben. Ihre Bedingung: „Es ist meine Geschichte, ich will keine redaktionelle Einmischung." Cosmos behält sich vor, Angaben der Autorin auf Richtigkeit zu überprüfen.

Der Chefredakteur

Sybille Thalheim: Meine Geschichte

1. Teil: Wie mein Mann verschwand

Mein Name ist Sybille Thalheim. Ich bin 38 Jahre alt. Die dritte große Strafkammer des Schwurgerichts Berlin hat mich des Mordes an meinem Ehemann Michael Thalheim für schuldig befunden. Früher wohnte ich in einer alten Villa in Berlin-Zehlendorf. 360 qm mit einem herrlichen, alten Garten. Heute „wohne" ich in Zelle 317, Block D, in der Frauenhaftanstalt Berlin-Lichtenberg. Zehn Quadratmeter, ausgestattet mit Toilette, Bett, Tisch (Kiefernachbildung), ein Schrank, in dem noch mein Jil-Sander-Kostüm hängt, das ich zum Prozess getragen habe. Vielleicht werden sie mich in zehn Jahren begnadigen, bei guter Führung, versteht sich. Dann wird das Zeug in meinem Schrank nicht mal mehr ein Second-Hand-Laden wollen. Meine Cartier-Uhr und meinen Ehering haben sie mir abgenommen. Ja, ich habe ihn zum Prozess getragen. „Bis dass der Tod euch scheidet".

Auf dem Tisch steht mein Notebook, ich durfte es mitnehmen. Natürlich ohne Internet-Verbindung. Zehn Jahre sind eine verdammt lange Zeit. Dann werde ich Ende 40 sein. Ich werde hier arbeiten. Vielleicht die Gefängniszeitung schreiben oder Adressen tippen. Tippen konnte ich immer gut. Aber bevor ich mich hier nützlich mache, werde ich die Geschichte meiner „Scheidung" erzählen.

Es war ein langer Weg von der Glyzinen-überwucherten Villa in Zehlendorf bis zur Zelle 317, Block D. Er begann, wie alles Wichtige in meinem Leben, im August.

Freitagabend, 17. August 2007: Die Sonne drischt gnadenlos auf die Berliner ein. Selbst das grüne Zehlendorf liegt unter einer dicken Staubschicht. Seit Tagen sehnen sich die Menschen nach Regen. Halb Berlin hat Kopfschmerzen: Die Ozonwerte liegen bereits im roten Bereich und noch ist kein Ende der Hitzewelle in Sicht. An meinen 100 Rosen wetteifert der Mehltau mit den Blutlauszerpwesen. Mutti hat mir verboten, den Übeltätern mit Chemie zu Leibe zu rücken.

„Wenn du das einatmest, kriegt das Baby nie Kopfläuse", hat sie gesagt. Ich weiß bis heute nicht, warum Kopfläuse etwas Gutes sein sollten. Mein Mann Michael hat mir jeden Umgang mit dem Gartenschlauch untersagt. Ich bin im vierten Monat schwanger. Und werde seit vier Monaten verhätschelt und bevormundet, als ob ich selbst das Baby sei, das wir erwarten. Wie ich es genossen habe!

In Hochstimmung fuhr ich nach Hause. Endlich Freitag. Ich freute mich auf ein freies Wochenende, das ich gemeinsam mit meinem Mann Michael und meiner Mutter genießen wollte.

Auf dem Nachhauseweg hatte ich mir in meiner Lieblingsbuchhandlung „Diwan" am U-Bahnhof Schlachtensee noch ein Buch besorgt: „Schwangerschaft im Sommer".

Als ich das schmiedeeiserne Tor zu unserem Haus öffnete, sah ich gleich, dass Michael noch nicht da war, sein Parkplatz war leer. Ich lief um das Haus herum. Im Küchengarten fand ich meine Mutter, die Kräuter schnitt.

„Lass mich raten, was es heute gibt", sagte ich und steckte meine Nase in das Kräuterbüschel.

„Mmmh, riecht irgendwie nach Lamm."

„Gefüllte provençalische Tomaten", sagte meine Mutter. Ich umarmte sie. Wir gingen zusammen in ihre Küche, die in einem ehemaligen Wintergarten unserer Villa untergebracht war. Ich hackte Petersilie, Lavendel, Oregano, Thymian, Majoran, Estragon und Rosmarin. Mutti hackte (allerdings in homöopathischen Dosen – wegen der eventuell zu erwartenden Blähungen, die dem Baby wehtun könnten) Knoblauch und Zwiebeln.

„Michael ist spät dran", fand meine Mutter irgendwann. „Er muss noch den Garten sprengen".

Ich setzte mich mit Mutti auf unsere Terrasse, von der man einen wunderbaren Blick auf den Parkähnlichen Garten hat. In unserem Pfefferminztee klirrten die Eiswürfel. Sie schmolzen beim Zuschauen.

Es war schon immer so: Sobald Mutti die Haustür aufmachte, fing ihre Tochter an zu erzählen. Früher aus der Schule, später von meinem Job im Konzern. Ich würde meinen Job nicht mehr lange machen können. Eine Pressesprecherin mit dickem Bauch macht sich nicht so gut im Fernsehen. Noch aber sah man gar nichts.

Mutti hatte eine Überraschung mitgebracht: eine entzückende Babydecke im Patchwork-Stil. Sie freute sich so, endlich Oma zu werden. Michael und ich hatten uns viel Zeit damit gelassen. Ich hatte immer davon geträumt, erst mal Karriere zu machen. Also habe ich sie gemacht.

Langsam wurde ich nervös, wo blieb Michael? Ich versuchte im Büro anzurufen.

„Guten Tag, hier ist die Kanzlei von Rechtsanwalt Michael Thalheim. Unser Büro ist zurzeit nicht besetzt. Wenn Sie uns eine Nachricht hinterlassen wollen …"

„Michael wird auf dem Weg sein", sagte ich und versuchte es über Handy.

„Hier ist der Anschluss von Michael Thalheim. Leider bin ich zurzeit nicht zu erreichen. Wenn Sie mir.."

Ich checkte meine SMS-Mitteilungen. Nichts.

Verdammt, er wird mit irgendwelchen Mandanten noch in ein Restaurant gegangen sein. Aber warum rief Michael nicht an, das sah ihm nicht ähnlich. Selbst in den Zeiten, in denen wir regelmäßig 80 Stunden die Woche gearbeitet und uns kaum gesehen haben, wusste jeder von uns immer, wo der andere war.

Es wurde langsam dunkel, wir hatten Hunger. Entschlossen schritt ich zum Wasserhahn und entrollte den Gartenschlauch.

„Das sollst du doch nicht", sagte meine Mutter.

„Die Blumen brauchen Wasser."

„Das kann Michael machen. Der Gartenschlauch ist zu schwer für dich."

„Wenn mein Herr Gemahl endlich nach Hause kommt, ist es zu dunkel", gab ich zurück und öffnete das Ventil. Die Cosmeen duckten sich unter dem Wasserstrahl und ich glaubte ein genießerisches Aaah von den Malven zu hören. Es dauert bei dieser Hitze fast eine halbe Stunde, bis unser Garten richtig gesprengt ist. Wir wollten immer eine Beregnungsanlage einbauen und sind nie dazu gekommen. Und so stand ich in der Dunkelheit und spritzte die Rhododendrenhecke ab. Wo blieb Michael? Ich wurde nervös.

„Hoffentlich ist ihm nichts passiert", sinnierte Mutti.

„Ach, Quatsch, dann hätten wir von irgendjemandem einen Anruf gekriegt".

Es war halb zehn, als uns der Hunger besiegte. Wir stellten die Tomaten in den Ofen, mischten den Salat und nahmen wieder unseren Platz auf der jetzt erleuchteten Terrasse ein. Mutti hatte noch ein paar Windlichter aufgestellt.

„Wo könnte er denn nur sein", fragte ich mich.

„Ruf doch mal Ulli an", riet meine Mutter.

Ullrich Henke hatte zusammen mit Michael eine Bürogemeinschaft. Ich hatte seine Frau, meine Freundin Gabi, am

Telefon. Ja, Ulli sei zwar auch später gekommen, aber schon längst zu Hause.

„Willst du ihn sprechen?"

„Ja, bitte, ich mache mir Sorgen um Micha".

„Hier ist Ulli", sagte unser Freund am Telefon.

„Ulli, weißt du, wo Micha sein könnte?"

„Wieso, ist er noch nicht zu Hause?" fragte Ulli.

„Nein", erwiderte ich geknickt. „Hat er noch irgendeinen Mandantentermin?"

„Nicht dass ich wüsste", sagte Ulli. „Mensch Bille, mach dir keine Sorgen, wahrscheinlich ist er in irgendeinem Puff und lässt es sich gut gehen." Das war typisch Ulli, immer einen frechen Spruch.

„Danke für Deine Hilfe."

Zum x-ten Mal checkte ich die SMS-Nachrichten. Immer noch nichts.

Mutti und ich setzten uns in unseren Erker, von dem aus wir die Straße und die Garage im Blick hatten. Wir versuchten uns irgendwie zu unterhalten, aber unsere Gedanken waren bei Michael.

Um elf habe ich die Telefonbücher geholt und alle 36 Berliner Krankenhäuser durchtelefoniert. Kein Michael Thalheim war eingeliefert worden. Auch Polizei und Feuerwehr brachten mich nicht weiter. Zumindest das war eine Erleichterung.

Um Mitternacht ist Mutti hinunter in ihre Wohnung gegangen und ich habe mich vor den Fernseher gehockt. Immer, wenn ich draußen ein Auto hörte, dann bin ich zum Fenster gerannt. Kein Michael.

Ich versuchte mich krampfhaft zu erinnern, ob Michael mir etwas gesagt hatte. Er hatte sehr früh am Morgen wegen eines Mandantentermins das Haus verlassen. Und morgens war ich meistens noch nicht ganz zurechnungsfähig. Ich zermarterte mir das Hirn, aber ich konnte mich beim besten Willen nicht entsinnen. Mach' dich nicht lächerlich, sagte ich mir immer wieder und versuchte, irgendeiner neurotischen Pathologin im Fernsehen zu folgen.

Eigentlich brauchte ich keinen Krimi, denn der spielte sich in meinem Kopf ab. Ich malte mir aus, was mit Michael passiert sein könnte.

Er hat eine attraktive Mandantin nach Hause begleitet, sie hat ihn mit Champagner abgefüllt, jetzt liegt er in ihrem Bett und schnarcht erschöpft.

Nein, das war nicht Michael.

Nun, er ist mit Mandanten irgendwo ins Brandenburgische gefahren, sein Handy hatte den Geist aufgegeben und er ist in einem Gasthaus versackt. Weit und breit gibt es kein Telefon.

Schon eher, aber doch Quatsch. Wir haben nicht mehr 1990.

Okay, er hat was getrunken, wollte nicht mehr Auto fahren und wird in einem Hotel übernachten. Aber wieso dann kein Anruf. Weil er total betrunken ist. Nein, auch das ist nicht Michael, sagte ich mir. Selbst total betrunken würde er mich benachrichtigen. Er musste doch wissen, dass ich vor Sorgen fast umkam.

Er ist einfach im Büro eingeschlafen.

Na, ja, so alt ist er nun auch wieder nicht.

Und dann habe ich etwas getan, wovon ich glaubte, dass ich es nie, nie tun würde. Ich habe Michas Laptop angemacht. Natürlich kenne ich seine Passwörter. Wir haben uns ja immer vertraut. Hundertprozentig! Aber auch hier gab es keinen Hinweis auf einen eventuellen Aufenthaltsort. Seine privaten E-Mails waren Bestellbestätigungen von Amazon und Rechnungen für Druckertinte.

Um zwei Uhr morgens habe ich nochmals die Krankenhäuser abtelefoniert. Kein Michael. Ich zog mich aus, ging unter die

Dusche. Ich würde jetzt versuchen, ein bisschen zu schlafen. Das ging natürlich nicht.

Ich lag in unserem großen Schlafzimmer, starrte die blaue Decke mit dem abgesetzten weißen Stuck an und hatte Herzrasen. Michael, wo bist du? Es wurde Drei, die Sekunden dehnten sich zu Minuten. Ich wurde wütend. Der Kerl soll mir nach Hause kommen. Da macht er seit Monaten ein Riesen-Tamtam um das Baby und mich und jetzt scheint es ihm egal zu sein. Na, der würde was erleben, wenn er nach Hause käme.

War da nicht ein Geräusch? Nein, es war nur Frau Müller, unsere getigerte Katze, die durch die Katzenklappe im Wintergarten geschlüpft war. Mit allen vier Pfoten landete sie auf meinem Bett, gab Köpfchen und machte sich daran, jedes meiner Haare einzeln abzuschlecken.

„Ach, Frau Müller", sagte ich, „sag mir, wo Micha ist. Der lässt uns hier ganz alleine."

Frau Müller schaute mich mit ihren wissenden gelben Augen an, legte sich neben mich und ihr Pfötchen auf meine Hand. Das tat Frau Müller immer, wenn es einem von uns schlecht ging. Wahrscheinlich weil sie die Körpertemperatur prüft. Wenn die Hand nicht heiß ist, weiß Frau Müller, dass sie sich keine Sorgen machen muss. Meine Hand war nicht heiß, aber meine Nervosität übertrug sich auf Frau Müller.

Um Vier standen wir beide auf und holten uns Milch. Damit hatte ich Frau Müller eingefangen, damals als wir die Villa kauften. Frau Müller gehörte irgendwie zum Grundstück und hatte die neuen Besitzer zunächst argwöhnisch beäugt. Aber unsere Milch mochte sie trotzdem. Wir haben dann bei dem einen oder anderen Schälchen Milch Freundschaft geschlossen und bald gehörte Frau Müller zur Familie. Was man schon daran sieht, dass Michael ihr eine Katzenklappe gebaut hatte, damit die streunende Katzendame auch mitten in der Nacht Zugang zu Kitekat und Wassernapf hatte. Frau Müller nutzte die Katzenklappe gern, vorwiegend um ihr Nachtlager in unserem Bett aufzuschlagen. Und wegen des Kitekats. Natürlich.

Michael, Michael, wo bist du? Ich holte mir das Buch „Schwangerschaft und Sommer", das ich am Abend gekauft hatte und setzte mich an den Küchentisch. Frau Müller setzte sich neben das Buch, aber wir konnten beide nicht lesen. Ich glaube, in dieser Nacht habe ich das erste Mal nach 30 Jahren wieder angefangen, an den Fingernägeln zu knabbern. Ich hatte einen trockenen Mund, mein Herz klopfte so laut, dass Frau Müller es hören konnte, meine Haare waren zerwühlt, weil ich sie ständig raufte, ich fing an zu heulen. Dicke Tränen tropften auf das Buch. Ich stand auf, holte Küchenkrepp, schnäuzte, wischte das Buch sauber und war trotzdem nicht erleichtert.

Wo ist er nur? Immer wieder versuchte ich mir einzureden, dass sich morgen alles aufklären würde. Ich lauschte in die frühmorgendliche Stille. Es waren keine Autogeräusche zu hören, keine Schritte, nicht einmal das Rascheln von Blättern. Es war absolut windstill und selbst jetzt, frühmorgens um halb fünf, brütend heiß im Haus. Die Sonne hatte seit Wochen gnadenlos die dicken Mauern der alten Villa erwärmt. Von kurzen Wärmegewittern abgesehen, hatte es seit Tagen keine Abkühlung gegeben.

Ich musste mich beschäftigen. Also tigerte ich durch die Wohnung, setzte mich in das Kinderzimmer, das wir demnächst einrichten wollten, und zwang mich, meine Gedanken auf Tapeten und Gardinen zu konzentrieren. Der Blick von Frau Müller sagte mir, dass es sinnlos war.

In Michaels Arbeitszimmer ließ ich mich in seinen geliebten grünen Ledersessel an dem großen englischen Schreibtisch fallen und tat etwas, was ich ebenfalls noch niemals in meinem Leben getan hatte: Ich begann in seinen Unterlagen zu wühlen.

Außer dem alten Fliegerpass seines Großvaters, Bildern seiner verstorbenen Eltern, privaten American Express-Belegen, Schnipseln unserer diversen Reisen und vergilbten, leeren Notizzetteln fand ich nichts. Zumindest nichts, was mir einen Hinweis auf Michaels Aufenthaltsort gegeben hätte.

Ich schaute die Schnipsel durch. Ah, die Eintrittskarten ins Epcot-Center, unsere erste gemeinsame Reise, bevor ich für ein Jahr nach Atlanta gegangen war.

Und hier die Visa-Quittung für den Sebring aus Atlanta, der Mietwagen, in dem Michael mir auf der Interstate in Georgia einen Heiratsantrag gemacht hatte.

Da war die handgeschriebene Speisekarte der Strandbar in der Karibik, wo wir die Nacht durchgetanzt hatten.

Die Eintrittskarten für das Empire State Building erinnerten mich an New York, wo wir im ersten Jahr unserer Ehe die Weihnachtseinkäufe gemacht hatten.

Ich fand die Fahrkarten der Star Ferry in Hongkong, das wir vor zwei Jahren besucht hatten.

Verdammt, wann kommt er endlich? Was ist ihm passiert?

Frau Müller fand den Bleistift mit dem Sombrero besonders lustig – Mexiko, ich erinnerte mich an die herrliche Woche im Las Brisas. Wir hatten einen Pool ganz für uns allein, mit einem grandiosen Blick über die Bucht von Acapulco. Jeden Morgen schwammen wir dort mit den Hibiskusblüten um die Wette.

Michael, verdammt, wo bleibst du?

Es wurde hell, draußen zwitscherten die Vögel. Ich zog mir einen Jogginganzug über, nahm mein Handy, nicht ohne den Ladezustand vorher überprüft zu haben und ging in den Garten. Aber auch mein Garten konnte mich nicht beruhigen.

Mutti öffnete das Fenster. „Ist er da", fragte sie.

„Nein, sagte ich."

Ich setzte mich bei Mutti auf die Terrasse und fing wieder an zu heulen. Das hatte Michael noch nie getan. Er war der vorbildlichste Ehemann, den man sich vorstellen konnte. Ich schwöre es, Michael hat neben mir nie eine andere Frau gehabt. Was war nur passiert?

Mutti brachte Kaffee auf die Terrasse.

„Wir müssen die Polizei rufen, Kleines", sagte sie.

Ich knabberte an einem Toast, bekam aber selbst den kleinsten Krümel nicht herunter. Okay. Ich stand auf, holte das Telefon. Auf dem Polizeirevier wurde ich von Pontius zu Pilatus verbunden.

„Seit wann vermissen Sie ihren Ehemann?" fragte endlich eine nette, ältere Stimme.

„Seit gestern Abend!"

„Bitte, gute Frau, det ist doch keen Grund ihn vermisst zu melden. Haben Sie die Krankenhäuser angerufen?"

„Ja", sagte ich kleinlaut, „auch die Feuerwehr. Mehrmals. Es ist kein Mann, der auf die Beschreibung passt, irgendwo aufgetaucht."

„Na, nun regense sich mal nicht uff", sagte der Polizist. „Der ist bestimmt bald wieder da. Mit ,nem dicken Kopf und ,nem schlechten Gewissen."

„Mein Mann trinkt nicht", sagte ich.

„Et jibt keene Männer, die nich mal eenen übern Durst trinken", ließ mich der Polizist an seiner Weltsicht teilhaben. „Wenna morjen nicht wieda da is, dann solltense ne Vermisstenanzeije uffjeben."

Beleidigt knallte ich den Hörer auf.

Ich schaltete die Nachrichten an:

Die ehemalige RAF Terroristin Eva Haule war nach 21jähriger Haft aus dem Frauengefängnis in Berlin-Neukölln entlassen worden. Auf der griechischen Halbinsel Peleponnes wüteten die heftigsten Waldbrände seit Menschengedenken. Der Wetterbericht kündigte an, dass es jetzt sehr viel kühler werden würde.

Sommer. Saure Gurken Zeit in den Nachrichten. Und natürlich nichts, was irgendeinen Hinweis auf Michael hätte geben können.

Ich rief wieder bei unseren Freunden Gabi und Ulli an. Sie waren entsetzt. Schließlich kannten sie Michael.

„Wir kommen vorbei", sagte Gabi spontan.

Am späten Vormittag fiel Familie Henke bei uns ein. Gabi hatte mir ein leichtes, pflanzliches Beruhigungsmittel mitgebracht.

„Das schadet dem Baby nicht." Gabi musste es wissen, sie war ja meine Frauenärztin.

„Wir waren schon im Büro, Ulli hat auf Michas Schreibtisch im Kalender geschaut, aber da ist kein Termin gestern Abend eingetragen", sagte Gabi. Ulli schien betreten.

Verdammt. Ich wusste nicht wohin mit meinen Händen. Wohin mit mir. Ich konnte nicht sitzen, laufen half auch nichts. Mir liefen unkontrolliert die Tränen herunter. Alle versuchten mich zu trösten. Aber wie konnte man mich trösten? Ich machte mir Gott verdammte Sorgen um meinen Mann. Mutti brachte mich ins Bett, als unsere Gäste gegangen waren.

„Du musst schlafen, Bille, denk' an das Baby. Was meinst du, wie das Baby sich aufregt."

Das war ein Argument. Ich heulte mich in einen flachen Schlaf. Als ich aufwachte, war es fünf Uhr nachmittags. Ich brauchte eine Weile, bis ich im angenehmen Dämmerlicht unseres Schlafzimmers wieder in die ungemütliche Gegenwart zurückfand. Michael war verschwunden. Und immer noch kein Anruf, keine SMS. Wenn mich keiner anruft, dann ist ihm auch nichts passiert, versuchte ich mir zu sagen. Am Abend sind Mutti und ich auf das Polizeirevier in Zehlendorf Mitte gefahren und haben eine Vermisstenanzeige aufgegeben.

Alle zehn Minuten habe ich sein Handy angerufen. Die Mailbox sei voll, sagte mir eine freundliche Stimme.

Auch die nächste Nacht wurde der Horror. Ich war jetzt ganz sicher, dass etwas passiert war. Das würde Michael mir nie antun. Nie. Das meinte auch Mutti. Die Angst schnürte mir die Kehle zu. Ich war wie gelähmt. Ich konnte nicht schlafen. Natürlich nicht. Aber ich konnte auch nichts anderes tun. Und so lag ich im Bett und entwarf Horrorszenarien. Immer wieder sah ich Michaels Leiche mitten im Wald liegen.

Ich fühlte mich wie in einem Flugzeug, in dem der Kapitän verkündet hatte, dass man abstürze. Ich wartete auf irgendetwas und ich wusste, jawohl, ich wusste bereits damals, dass es eine Katastrophe sein würde.

Ich habe keine Ahnung, wie ich dieses Wochenende überstanden habe. Bei jedem Geräusch schreckte ich zusammen, mir fiel alles aus der Hand, zwischendurch hatte ich immer wieder Weinkrämpfe, mir war heiß, mir war kalt, mir war hundeelend.

Ich habe alle zwei Stunden bei der Polizei angerufen. Nichts, sagten sie entnervt. Wir hatten inzwischen eine Suchmeldung nach Michaels BMW herausgegeben.

Am Montagmorgen klingelte das Telefon. Endlich. Der blaue BMW war gefunden worden. Im Parkhaus am Flughafen Tegel. Sie hatten sein Handy dort geortet.

Wir glaubten es nicht. Wo war Michael hingeflogen? Also haben wir alle Fluggesellschaften angerufen. Kein Michael Thalheim stand auf der Liste. Ich habe die Mietwagenfirmen durchtelefoniert, kein Thalheim hatte ein Auto gemietet. Ich zermarterte mir das Hirn. Hatte ich irgendwas getan, dass Michael sauer auf mich war? Wir hatten uns doch im besten Einvernehmen am Freitagmorgen getrennt. Er hatte mir einen Kuss gegeben und gesagt: „Ich freue mich auf ein wundervolles Wochenende mit dir." Was konnte passiert sein, was Michael dazu gebracht hatte, nach Tegel zu fahren?

Natürlich meldete ich mich krank. Ich konnte unmöglich arbeiten. Und dann fuhr ich nach Tegel, wollte mir sein Auto ansehen. Nichts in dem Auto wies darauf hin, dass irgendwas nicht stimmte. Es sah aus wie immer, ein Exemplar des „Cosmos" lag auf dem Beifahrersitz, Michaels blauer Pullover auf dem Rücksitz. Daneben sein Handy. Wo also war er?

Wenn er nicht mit einer Maschine in Tegel abgeflogen ist und keinen Mietwagen genommen hat, sagte ich mir, muss er noch in der Stadt sein. Was war ihm passiert? Inzwischen glaubte ich fest an ein Verbrechen. Immer wieder sah ich einen Wald vor mir. Ich glaubte, ihn um Hilfe rufen zu hören. Vor meinem geistigen Auge sah ich ihn fliehen, um sein Leben rennen.

Ich fuhr in sein Büro. Und dort erwartete mich die größte Überraschung meines Lebens.

Als ich die exklusiven Büroräume Unter den Linden betrat, schlug mir betretenes Schweigen entgegen. Die sonst so freundliche Empfangssekretärin Rita beschäftigte sich angelegentlich mit dem Telefon. Ich ging in Michaels Büro. Seine Sekretärin Bettina stürzte ohne Gruß aus ihrem angrenzenden Sekretariatsraum. Ich schloss die Tür zum Sekretariat und setzte mich an Michas Schreibtisch. In seinem Tischkalender war für den Freitag nur ein Termin, um 12.30 Uhr, eingetragen: Bommer.

Es klopfte.

„Herein". Ulli stand in der Tür und schaute mich irgendwie mitleidig an.

„Ulli, ich versuche herauszubekommen, wo Micha sein könnte."

„Ich weiß", sagte Ulli und trat hinter den Schreibtischstuhl auf dem ich saß. Er umarmte mich von hinten, strich mir über den Kopf und sagte:

„Bille, du musst jetzt ganz tapfer sein. Ich glaube es ist tatsächlich was passiert."

„Natürlich ist etwas passiert", schrie ich hysterisch.

„Bille, hör' mir gut zu und rege dich erst mal nicht auf: Es hat heute ein Mandant angerufen, der nach seinem Geld gefragt hat. Es war auf dem Notaranderkonto von Michael. Angeblich wollte er es letzte Woche überweisen. Wir haben das Konto überprüft. Das Geld ist weg, aber nicht an den Mandanten überwiesen worden."

Ich glaubte meinen Ohren nicht zu trauen.

„Was willst du damit sagen, Ulli?"

„Ich weiß es noch nicht, bitte Bille, gib' uns Zeit, wir müssen das prüfen," versuchte Ulli mich zu beschwichtigen.

„Ulli, wie viel Geld ist verschwunden?" fragte ich.

„Wir wissen es noch nicht, Bille."

„Red' nicht um den heißen Brei herum, wie viel?"

„1,3 Millionen", gestand Ulli kleinlaut.

„Ulli, du glaubst doch nicht im Ernst, dass Micha mit 1,3 Millionen durchbrennt. Damit kommt er nicht weit", sagte ich entsetzt.

„Nein, wir überprüfen jetzt die anderen Konten", sagte Ulli. Zitternd stand ich vom Schreibtisch auf. Deshalb also die merkwürdig betretene Atmosphäre im Büro.

„Ulli, bitte ruf' mir ein Taxi". Ich konnte nicht mehr fahren. Mir waren die Knie weich geworden, ich zitterte am ganzen Körper. Mein Michael soll Geld unterschlagen haben? Michael war der integerste Mann, den ich mir habe vorstellen können. Natürlich, jeder hat seinen Preis. Aber nicht 1,3 Millionen. So billig war Michael nicht.

Heulend fiel ich meiner Mutter in die Arme.

„Das glaube ich nicht eine Sekunde. Bille, du wirst sehen, dass sich alles aufklärt", sagte meine Mutter.

„Ja", schluchzte ich, „aber wie? Wo ist Michael? Ich weiß, dass ihm etwas Schreckliches passiert ist."

Und wieder sah ich vor meinem geistigen Auge Michael irgendwo erschossen im Wald liegen.

Aber es sollte noch schlimmer kommen.

Comos – Ausgabe 3/2010
Sybille Thalheim – Meine Geschichte

2. Teil:
Wie ich alles verlor, was ich liebte

Mein Mann war verschwunden und mit ihm offensichtlich Geld, das einem Mandanten gehörte. In den letzten Sommertagen des Jahres 2007 torkelte ich wie eine Betrunkene durch die Tage. Mir war abwechselnd heiß, kalt oder schlecht. Ich verstand meine Welt nicht mehr, die bis zum 17. August die heile Welt einer glücklich verheirateten Frau und werdenden Mutter im Berliner Villenviertel Zehlendorf war. Die Unwissenheit und die bösen Vorahnungen brachten uns fast um. Wir, das waren meine 69jährige Mutter, die in einer Einliegerwohnung unseres Hauses wohnte, mein Baby, das wir so freudig erwarteten und ich, Sybille Thalheim, 36 Jahre alt. In den letzten Tagen war ich um Jahre gealtert.

21. August 2007, mein Mann war seit sechs Tagen verschwunden. Gabi Henke, Busenfreundin und Frauenärztin, hatte mich für die ganze Woche krankgeschrieben. Noch war nichts in der Öffentlichkeit bekanntgeworden. Am Mittag des 21. August klingelte es. Ulli Henke, Berlins berühmtester Strafverteidiger, den seit vielen Jahren mit meinem Mann Michael eine gute Freundschaft und ein gemeinsames Büro verbanden, stand vor der Tür. Er sah jämmerlich aus.

„Oh Gott, Ulli, was ist passiert?" fragte ich.

„Lass mich erst mal reinkommen".

Ulli sank auf unsere elfenbeinfarbene Couch.

„Kann ich einen Drink haben", fragte er.

Ich brachte ihm einen Whiskey mit Soda, Böses ahnend. Ulli hat sich dann nicht lange mit der Vorrede aufgehalten.

„Alle Anderkonten sind abgeräumt, Bille."

Ich hörte die Englein singen. Das Blut rauschte in meinen Ohren. Ich dachte, ich werde ohnmächtig.

„Wie viel?"

„Nach den jetzt vorliegenden Erkenntnissen 9,6 Millionen Euro."

Das also war Michaels Preis gewesen.

„Nein, ich glaube das nicht, Ulli, du kennst doch Micha, ich glaube es nicht. Bitte sag', dass es eine Möglichkeit gibt, dass ihr euch geirrt habt."

„Tut mir leid Bille, aber es sieht verdammt danach aus. Wir müssen jetzt die Polizei benachrichtigen. Ich musste dich vorwarnen."

„Bist du verrückt", schrie ich, „du willst Micha ans Messer liefern!"

„Bille, wir müssen die Polizei benachrichtigen. Sonst bekommen wir alle zusammen Schwierigkeiten wegen Unterschlagung."

„Was soll das heißen, Ulli?"

„Das heißt, dass sie uns alle aufs Korn nehmen werden. Auch dich. Man wird uns auseinandernehmen, jede einzelne Buchung deines Lebens werden sie prüfen. Ehefrauen sind beliebte Komplizen, weißt du."

Ich starrte Ulli fassungslos an. Was wollte er mir damit sagen?

„Ulli, du glaubst doch nicht etwa eine Sekunde, dass Michael das Geld genommen hat. Und ich hoffe doch wohl sehr, dass du nicht mal im Ernst daran denkst, ich würde mit meinem ach so diebischen Ehemann unter einer Decke stecken."

„Bille, das habe ich nicht gesagt. Ich habe nur gesagt, dass jetzt die Hölle losbrechen wird."

„Was soll ich tun?"

„Nimm' dir einen Anwalt."

„Wozu brauche ich einen Anwalt, ich habe nichts verbrochen."

„Bille, du bist doch sonst nicht so naiv. Du brauchst dringend einen Anwalt."

„Okay, mein Anwalt ist hier."

„Nein Bille, ich bin Strafverteidiger. Du brauchst einen Wirtschaftsanwalt, der das alles nachprüfen kann. Außerdem stehe ich bald selbst unter Verdacht. Schließlich haben wir gemeinsame Büroräume.

„Kannst du mir einen empfehlen?"

„Ja, soll ich ihn anrufen?"

Und so kam ich zu Peter Meiners, ein Studienkollege von Michael. Meiners kam sofort bei uns vorbei. Er war ein ernst aussehender, etwas kantiger Mann. Normalerweise hätte ich sofort Vertrauen zu ihm gehabt. Aber jetzt ...

Wir fuhren gemeinsam in die Kanzlei. Von dort aus rief Ulli die Polizei an.

Ich habe diesen Tag wie in Trance erlebt. Die Polizisten, die kamen, waren sehr wortkarg. Wir störten eher. Sie beschlagnahmten die gesamte Buchhaltung. Meiners fuhr mich später nach Hause. Ich kauerte mich in meinen Lieblingssessel und starrte blicklos in den Garten. 9,6 Millionen. War Michael bei dieser Summe schwach geworden? Ich glaubte es nicht. Das konnte nicht sein, so war Michael nicht. Oder kannte ich meinen Mann doch nicht so gut wie ich gedacht hatte? Nein, ich kannte meinen Mann, da war ich mir sicher.

Am nächsten Tag erschien eine Berliner Tageszeitung mit folgendem Lokalaufmacher:

„Berliner Notar vermisst – 9,6 Millionen Mandantengelder verschwunden."

Natürlich habe ich sofort einen Anruf aus der Zentrale meines Konzerns bekommen. „Sagen Sie mal, Frau Thalheim ...?"

Meine ganz private Tragödie war über Nacht eine öffentliche geworden. Und alle, denen ich einmal in meinem Leben aufs Füßchen getreten war, würden nun kein gutes Haar mehr an mir lassen.

Ich war mit sofortiger Wirkung beurlaubt. Wenigstens meinen Job konnten sie nicht kündigen, ich war schließlich schwanger. Das wussten sie aber noch nicht und ich habe es erst mal für mich behalten. Wie sehr hatte ich um diesen Job gekämpft. Auch wenn ich mich jetzt Richtung Familie (schöne Familie!) orientiert hatte, so war es mir überhaupt nicht egal, was meine Kollegen von mir dachten. Der Konzern war mein Leben gewesen, ein Leben, das ich sehr geliebt hatte.

Das Telefon stand nicht still. Ich hatte auf Anrufbeantworter geschaltet. Alle Lokalchefs der Berliner Medien riefen an.

„Hallo, Bille, hier spricht Frank. Ist da was dran, was ich da gelesen habe? Bitte ruf' mich zurück."

Na klar, sie hatten alle meine Handynummer, falls abends oder am Wochenende eine dringende Stellungnahme des Konzerns eingeholt werden musste. Und die lieben Kollegen von den Zeitungen recherchierten. Morgen würde Sybille Thalheim öffentlich seziert werden, dazu brauchte ich nicht zurückzurufen. Ich machte es, wie alle Politiker, die in den Brennpunkt eines Skandals kommen, ich ging auf Tauchstation.

Mutti war bewundernswert. Sie machte sich solche Sorgen um mich, hielt sich aber tapfer. Sie ließ die Jalousien herunter, denn vor unserem Haus hatten sich Fotografen und Kamerateams postiert. Halb Berlin würde morgen hier vorbeifahren und sagen ‚Guck mal, da wohnt doch die, deren Mann mit 9,6 Millionen durchgebrannt ist." Was die Nachbarn tuscheln würden, wagte ich mir nicht mal auszudenken.

Ich konnte nichts mehr essen. Aus dem Spiegel schauten mich riesige Augen an, die in tiefen Höhlen zu liegen schienen.

Weinen konnte ich nicht mehr, ich hatte mir schon die Augen ausgeheult.

Am Nachmittag bekam ich heftige Bauchschmerzen. „Das kommt davon, dass du nichts isst, Bille", sagte meine Mutter. Sie versuchte mir eine Suppe einzuflößen. Am frühen Abend bekam ich dann erste Blutungen. „Oh Gott, mein Baby!" Ich war völlig hysterisch. Mutti zwang mich ins Bett, legte mir eine Wärmflasche auf den Bauch und rief Gabi an. Gabi sei mit ihren Zwillingen unterwegs, sagte ihr französisches Au-pair-Mädchen. Wenn Gabi mit ihren Kindern zugange war, schaltete sie grundsätzlich das Handy aus.

Ich bekam heftige Krämpfe.

„Bitte, bitte lieber Gott," betete ich,"lass mir wenigstens mein Kind."

Die Krämpfe wurden immer schlimmer. Und dann setzte der Blutsturz ein. Mutti hat die Feuerwehr angerufen. Sie haben mich ins Krankenhaus gefahren. Ich schrie, ich war in Panik. Sie ließen mich eine halbe Stunde in der Notaufnahme vom Krankenhaus auf der Liege im Vorraum warten.

Ich glaubte zu verbluten, die Krämpfe waren nicht halb so schlimm, wie die Angst, die ich hatte. Ich lag da, schaute in das kalte Neonlicht an der Decke, die Geräusche um mich herum, von Hektik und Notfällen, vernahm ich, wie durch eine Wand, nur ganz leise. Das Blut dröhnte in meinen Ohren, ich war schweißgebadet. Mutti stand hilflos neben meiner Liege und hielt meine Hand. Immer wieder versuchte sie, einen Arzt aufzutreiben, der sich um mich kümmern würde.

Als endlich eine junge Ärztin für mich Zeit hatte, sagte sie: „Entschuldigung, aber wir hatten ein paar schreckliche Unfälle."

Sie konnte nur noch den Abort feststellen. Ich hatte mein Baby verloren. War das kein schrecklicher Unfall?

Ich habe das ganze Krankenhaus zusammengeschrien. Mutti

versuchte mich zu beschwichtigen. Sie kamen und gaben mir eine Beruhigungsspritze. Ich wehrte mich wie eine Wahnsinnige.

„Lasst mich sterben, lasst mich sterben", rief ich immer wieder. Sie ließen mich nicht.

Mutti hat mich nach Hause gebracht. Ihr liefen die Tränen über das Gesicht, sie hat versucht, es vor mir zu verbergen. Sie hatte sich so sehr darauf gefreut, Oma zu werden. Mutti hat immer wieder meine Hand genommen, sie gestreichelt. Ich fühlte gar nichts. Meine Mutter hat mich ins Bett gebracht, wie ein Kind mit Grippe. Sie hat einen heißen Tee gekocht, sich an mein Bett gesetzt und ihn mir eingeflößt. Ich habe meinen Kopf in ihren Schoss gelegt und bin vor Erschöpfung eingeschlafen. Mutti ist die ganze Nacht bei mir geblieben.

Sie haben mir keine Chance gegeben. Von jetzt an wurde ich belagert. Polizisten durchsuchten unser Haus. Ich lag auf der Couch und schaute hilflos zu, wie sie jeden Winkel unserer Villa durchstöberten. Was suchten sie eigentlich? Etwa Einzahlungsquittungen eines Schweizer Nummernkontos? Michael, dachte ich immer wieder. Michael, bitte komm und hilf' mir. Ich war nie gläubig gewesen. Aber ich flehte den lieben Gott an, mir mein Baby zurückzugeben, meinen Mann, mein Leben. Ich war 36 Jahre alt. Ich würde nie wieder ein Baby bekommen von dem Mann, den ich liebte, nie wieder, nie wieder. Zu spät.

Ich hatte keine Tränen mehr. Wenn man nicht mehr weinen kann, ist die Welt grau. Sie hat keine Düfte mehr, keine Farben. Die Stimmen der Menschen klingen wie durch Watte gedämpft. Sie erreichten mich nicht. Und die Gedanken, die sich gedreht haben, die Überlegungen, was passiert sein könnte, standen einfach still. Ich war wie gelähmt.

Sie haben mich wohl hundertmal vernommen. Da war dieser Polizist. Herr Warnke. Ich habe den Zweifel in seinen Augen gesehen. Aber ich wusste nichts. Gar nichts. Offensichtlich haben sie auch meine Telefone abgehört und meine Post gelesen. Sie haben sich nicht einmal die Mühe gemacht, es zu verbergen. Ein Jahr später habe ich vom Staatsanwalt ein Schreiben bekommen, in dem sie mir mitteilten, dass die Überwachung meiner Post und meiner Telefone abgeschlossen sei. So haben Sie auch meine schriftliche Kündigung, die mir per Einschreiben zugestellt wurde, gelesen.

Ich habe den Dienstwagen zurückgegeben und die Kündigung in den Papierkorb geworfen. Das alles ging mich nichts mehr an. Das Leben ging mich nichts mehr an.

Ich hatte jetzt nur noch Mutti. Sie hat mir zur Seite gestanden, mich unterstützt, mich weiterhin bemuttert und das mit 69 Jahren. Auf die Straße habe ich mich nicht mehr getraut, zu viel war in den Zeitungen berichtet worden. Jeder kannte mein Gesicht. „Ist das nicht die …"

Ja, ich war die. Die mit dem Mann, der mit 9,6 Millionen Euro abgehauen ist und seine schwangere Frau hat sitzen lassen. Die, die vielleicht seine Komplizin war, wer weiß. Die, die das Baby verloren hat. Wo der wohl ist? Sitzt wahrscheinlich mit einer blutjungen Mieze auf den Caymans und lässt es sich gut gehen. Genauso haben sie geredet. Es war mir egal, ich wollte nur nicht ihre Blicke sehen.

Unsere Freunde Gabi und Ulli haben zu mir gehalten. Gabi ist oft bei mir vorbeigekommen. Und Ulli hat mir berichtet, dass er auch ganz schön auseinandergenommen worden ist. Allerdings konnten sie Ulli nichts anhaben. Michael und Ulli haben sich nur die Kanzleiräume geteilt, sie hatten keine Sozietät.

Aber weder Mutti noch Gabi konnten mich trösten. Wenn die Post kam, schmiss ich sie ungeöffnet auf den Schreibtisch. Außer Rechnungen und Banküberweisungen war nichts dabei. Ich schaute die Briefumschläge nur durch, ob irgendwo ein Lebenszeichen von Michael zu finden war. Alles andere interessierte mich nicht. Ich vegetierte vor mich hin, versuchte, die böse Welt auszuschließen.

Natürlich hatte ich wieder angefangen zu rauchen. Und so manchen Abend habe ich mir gleich eine halbe Flasche Gin reingezogen. Pur, versteht sich. Es war mir egal. Mein Anwalt meinte, ich sollte meinen Konzern verklagen.

„Wozu", fragte ich lasch.

„Na, von irgendwas müssen Sie ja wohl leben."

Darüber hatte ich mir noch überhaupt keine Gedanken gemacht. Er hat für mich den Antrag auf Arbeitslosenunterstützung ausgefüllt. Ich bekam den Höchstbetrag. Toll, davon konnte ich gerade mal die Zinskosten für den Hauskredit bezahlen.

Über meine finanziellen Verhältnisse hatte ich überhaupt keinen Überblick. Darum hatte sich immer Michael gekümmert. Zumindest hatte ich jetzt kein Einkommen mehr. Und die Immobilienkredite liefen weiter. Ich rauchte, trank und vergrub mich in Selbstmitleid.

Der Gerichtsvollzieher wurde Stammgast bei mir zu Hause. Mir flog ein Kredit nach dem anderen um die Ohren. Natürlich hatten sie mich vorgewarnt. All die ungeöffneten Briefe! Ich hatte keine nennenswerten Einkünfte mehr, also gab es auch keine Abbuchungen von meinem Konto. Meine American Express-Karte war weg, meine Visa-Karte, Diners-Club und Eurocard wurden gesperrt. Mein Überziehungskredit wurde gekündigt. Erstaunlich, dass ich noch einen Ausweis habe. Ich hatte das Gefühl, alle meine bürgerlichen Ehrenrechte zu verlieren. So war das also, dachte ich damals: Das, was du warst, warst du nur von Gnaden des Konzerns.

Natürlich wollten die Banken das Geld für die gekündigten Kredite jetzt und sofort. Wovon zum Teufel sollte ich plötzlich das ganze Geld auf einen Haufen zahlen? Ich nahm es zunächst gelassen. Sollten sie doch machen, was sie wollten. Ich hatte jedenfalls kein Geld, alles, was wir in bar besessen hatten, steckte in der Villa, ebenso wie das Geld von Mutti. Sie hatte ihr süßes kleines Haus in Dahlem, in dem ich aufgewachsen war verkauft, damit wir das große Haus in Zehlendorf kaufen konnten. Mutti hatte uns beiden das Geld zu Lebzeiten gegeben, dafür hatten wir ihr im Erdgeschoss eine Wohnung eingerichtet. Aber an die Villa würden sie nicht rankommen, denn die gehörte Michael und mir zusammen. So etwas kann man nicht so einfach pfänden. Dachte ich. Aber da hatte ich die Rechnung ohne die Banken gemacht.

Michaels Mandanten hatten natürlich nicht nur Strafanzeige gestellt, sondern vor allem ihre Ansprüche gegen Michael geltend gemacht. Ein paar ganz Schlaue hatten sich eine Zwangshypothek auf die Villa eintragen lassen. So verlor ich die Villa, zumindest auf dem Papier. Herr Meiners hat versucht, es mir zu erklären. „Nein, sagte er, „Sie müssen jetzt nicht ausziehen. Aber faktisch gehört ihnen das Haus nicht mehr. Wir müssen jetzt verhindern, dass das Haus unter Zwangsverwaltung gestellt wird. Zunächst einmal werden wir Einspruch einlegen. Bis das erledigt ist, kann es Jahre dauern," sagte Herr Meiners.

Und dann machte ich den größten Fehler meines Lebens. Ich glaubte, ich müsste Mutti vorwarnen. Im Nachhinein frage ich mich, warum ich es nicht erst getan habe, wenn die Katastrophe tatsächlich eingetreten wäre. Aber ich Idiot bin zu meiner Mama gelaufen und habe geheult und geschrien.

Mami war ganz ruhig. Meine kleine, geliebte, tapfere Mutter. Sie war ganz blass, spitznasig geworden in den letzten Monaten. Sie setzte sich wortlos auf den Rand ihres geblümten Sessels und starrte in den Garten.

„Jetzt kann man uns nichts mehr wegnehmen, Bille, wir haben nichts mehr", sagte sie. In all den Monaten hatte sie nicht ein böses Wort über Michael gesagt. Sie hat keine Vorwürfe gemacht, sie hat sich nicht beklagt. Jetzt rannen ihr die Tränen herunter. Ich nahm sie in den Arm. Mein Gott, ja, ich habe dafür büßen müssen, dass ich mit Michael Thalheim verheiratet war. Aber warum meine unschuldige Mutter. Sie hatte uns ihr Erbe im Voraus vermacht und jetzt sollte sie auf ihre alten Tage vielleicht noch heimatlos werden.

Mutti stand zitternd aus dem Sessel auf, um sich in der Küche ein Glas Wasser zu holen. Ihr war schlecht. Ich hörte, wie das Glas auf dem Küchenboden zerbrach. Ich rannte in die Küche, Mutti lag auf dem Boden und krümmte sich. Ich war wie gelähmt.

„Mutti, schrie ich, Mutti!"

Mama stöhnte, ich hielt ihre Hand und überlegte fieberhaft, wie ich sie hinlegen könnte. Dann lief ich zum Telefon und versuchte, mich an die Nummer der Feuerwehr zu erinnern. Ich wählte 110 und schrie ins Telefon, Herzinfarkt, bitte schnell und nannte die Adresse. Zuerst hörte ich den Funkwagen. Und dann landete direkt vor unserem Haus der Hubschrauber. Sie holten Mutti mit einer Trage und brachten sie zum Hubschrauber. Ob ich mitfliegen dürfe. Ich durfte nicht. Ich fuhr mit dem Auto wie eine Wilde nach Steglitz. Mutti bekam noch im Hubschrauber Sauerstoff, sie kam auf die Intensivstation des Klinikums Steglitz. Ich saß draußen und wartete. Wieder die Panik, das Herzrasen, das Ohrensausen, der trockene Mund. Und ich hatte geglaubt, nichts mehr zu fühlen. Dann haben Sie mich hineingebeten. Ich saß neben ihrem Bett und hielt zitternd ihre Hand, die schon ganz kalt war. Ob sie mich wohl noch gehört hat? Ich habe auf den Monitor gestarrt wie ein Kaninchen auf die Schlange und wirres Zeug geredet. Dass sie mich nicht verlassen darf, dass sie das einzige ist, was ich noch auf der Welt habe. Als die Schnappatmung einsetzte, bin ich in Panik hinausgelaufen und habe einen Arzt gesucht. Ich habe den jungen Assistenzarzt, der mir versuchte, schonend beizubringen, dass meine Mutter nicht mehr aufwachen würde, verprügelt. Ich bin auf ihn losgegangen wie eine Furie und habe mal wieder ein ganzes Krankenhaus zusammengeschrien. Mutti starb noch in dieser Nacht. Auf dem Monitor erschien das Wort: Entlassen.

Ich weiß eigentlich nicht, wieso ich überlebt habe. Ich weiß auch nicht, wie ich nach Hause gekommen bin. Und was ich anschließend getan habe. Wahrscheinlich habe ich mich einfach schlafen gelegt. Ich war im wahrsten Sinne des Wortes todmüde.

Cosmos Ausgabe Nr.4/2010
Sybille Thalheim – Meine Geschichte –

3. Teil:
Auf der Suche nach meinem Mann

Ich hatte alles verloren. Zuerst meinen geliebten Mann, dann mein sehnsuchtsvoll erwartetes Baby, meinen hart erkämpften Job, mein gesamtes Vermögen und zum Schluss meine wundervolle Mutter. Zeit, ebenfalls zu gehen. Ja, ich wollte meinem Leben ein Ende bereiten. Ich habe meine Ärztin und Freundin Gabi angerufen und sie gebeten, mir ein Rezept für Valium vorbeizubringen. Ich würde die Tabletten horten und dann ganz viele auf einmal schlucken.

Gabi und ihr Ehemann Ulli kamen vorbei. Wir saßen in unserer großen Landhausküche am Tisch. Auf der Fensterbank saß Alter Ego, ein Stoffbär, den mir Michael einmal geschenkt hatte, als ich in Atlanta war. Der Stoffbär würde jetzt auf mich aufpassen, hatte Michael damals zu mir gesagt. Ich hatte ihm geglaubt. Ich erzählte mit tonloser Stimme vom Tod meiner Mutter und wie ich ihn durch mein unbedachtes Verhalten herbeigeführt hatte. Gabi und Ulli hörten entsetzt zu. Gabi hatte den Arm um mich gelegt und streichelte dabei meinen Rücken.

Danke Gabi, für Deine Freundschaft, für Deine Anteilnahme.

Plötzlich überkam mich die Wut. Ich wurde so wütend, wie ich es wohl vorher in meinem Leben noch nie war. Ich griff mir den Stoffbären, nahm das Küchenmesser, das auf dem Tisch lag und begann unkontrolliert auf Alter Ego einzustechen. Jedes Mal wenn ich zustach schrie ich dabei: Ich bringe dich um, ich bringe dich um, ich bringe dich um. 17-mal habe ich zugestochen, dann habe ich den Bären auf den Rücken gedreht und noch mal zugestochen. Dafür, dass du mir in den Rücken gefallen bist." Damit noch nicht genug, ich habe das Messer genommen und versucht, dem Bären damit den Kopf abzuschneiden. Ich habe mich aufgeführt wie eine Wahnsinnige. Dann bin ich heulend über dem Tisch zusammengebrochen.

„Ich bringe ihn um", schluchzte ich.

Gabi hat mir drei Valium gegeben und mich ins Bett verfrachtet. Sie hat Ulli nach Hause geschickt und ist über Nacht bei mir geblieben.

Am nächsten Morgen hat sie mir Frühstück ans Bett gebracht und mir ins Gewissen geredet.

„Bille, du hast viel zu erledigen. Du wirst gebraucht. Du musst dein Leben wieder in den Griff kriegen. Trink Kaffee und steh auf. Es hilft dir keiner, wenn du dir nicht hilfst."

Natürlich hatte Gabi Recht. Noch unter der Wirkung des Valiums bin ich unter die Dusche gestiegen. Das Wasser machte mich ein bisschen wacher. Und dann merkte ich, dass ich wieder etwas fühlte. Etwas, das stärker war als alle Trauer, als alle Verzweiflung, als alles Selbstmitleid: Hass.

Der Hass hat mir geholfen. Ich habe beschlossen, an jenem Morgen nach dem Tod meiner Mutter, meinen Ehemann Michael Thalheim, sollte er mir jemals wieder in die Quere kommen, umzubringen. Soweit musste es erst kommen, bis ich anfing zu handeln.

Ich habe meine Mutter an einem nieseligen, kalten Märztag 2008 auf dem Waldfriedhof begraben. Alleine. Am liebsten hätte ich mich zu ihr ins Grab gelegt. Der Pfarrer hat ein Gebet gesprochen und ich habe einen Schwur geleistet. Am Grab meiner Mutter habe ich geschworen, dass ich das Unheil, das über uns gebracht worden ist, rächen werde. Erst nach der Beerdigung habe ich ihre Freunde und Verwandten benachrichtigt. Verzeih' mir Mutti, du hättest ein besseres Begräbnis verdient. Aber ich hätte sie nicht ertragen. Ich fühlte mich so gottverdammt schuldig.

Ich habe Muttis Hausstand aufgelöst. Auf der Erde sitzend habe ich ihre Fotos und Sachen sortiert. Mein ganzes glückliches Leben habe ich in Muttis Wohnung gefunden. Die behütete Kindheit in unserem kleinen Dahlemer Haus, das mir immer vorgekommen war wie eine Trutzburg. Fotos von meinem schönen Vater, der mich auf der Schaukel unter dem Apfelbaum wiegt. Fotos von meiner Einschulung: ein quengelndes braungelocktes Teufelchen, das eine Schultüte hält und die stolzen Eltern dahinter. Fotos von herrlichen Sommertagen mit meiner Mutter im Strandbad Wannsee. Ganze Alben mit den Reisen, die ich zusammen mit meinen Eltern machen durfte: Österreich, Spanien, Italien, USA, Südamerika.

Danach habe ich mich auf die Suche nach einer kleinen Wohnung begeben. Ich habe dort eine gefunden, wo man nicht viel fragt. In Berlin-Neukölln, im Hinterhaus, eineinhalb dunkle Zimmer, verwohnt, stinkend, verkommen. Ich nahm nur meine persönlichen Sachen mit, transportierte Muttis Sessel, Muttis Bett, einen Tisch, einen Stuhl und einen Schrank mit einem Mietwagen, den Gabi mir besorgte hatte, dorthin. „Hier kannst du doch unmöglich wohnen", sagten Gabi und Ulli, als sie mir beim Einzug halfen.

„Es ist mir egal", habe ich gesagt. Was ich nicht gesagt habe, war, dass ich mich selbst bestrafen wollte. Was ich auch nicht gesagt habe, ist, dass man als Arbeitslose mit gekündigten Krediten und total versauter Schufa einfach keine akzeptable Wohnung bekommt. Man nimmt, was man kriegen kann, da, wo keiner Fragen stellt. Weil die Mieten ja sowieso irgendwann von der Jobagentur bezahlt werden.

Ich wollte nicht mehr zurückschauen zwischen all den Dingen, mit denen Michael und ich so glücklich gewesen waren. Ich wollte nicht jedes Mal, wenn ich in meinen Garten schaute, in Tränen ausbrechen, weil Mutti nicht mehr sehen konnte, wie schön er geworden war. Oder weil ich nicht wusste, wie lange ich noch in dem Haus bleiben könnte. Ich konnte das Haus auch nicht verkaufen, der zweite Eigentümer war schließlich verschwunden. Also habe ich einen Makler damit beauftragt, die Villa zu vermieten. Wenigstens sparte ich in Neukölln die hohen Heiz- und Stromkosten, die mich die Villa in Zehlendorf gekostet hätten. Ich wollte nur noch eins: Den Scheißkerl finden, der uns das angetan hatte.

Außer den persönlichen Sachen meiner Mutter habe ich noch ihren alten VW mitgenommen. Denn mein Firmenwagen war weg, Michaels BMW war gepfändet, ich brauchte einen fahrbaren Untersatz. Ansonsten hatte ich genug zum Leben, jedenfalls mehr als die meisten meiner neuen Nachbarn. Wenn ich die Fenster meiner Wohnung aufmachte, dann drangen Gerüche nach verbrannter Pizza, nach Schimmel und Verzweiflung herein. Im Hof spielten Kinder rund um die Mülltonnen Fußball und aus jeder Wohnung kam eine andere Musik. Türkische, russische, vietnamesische. In jeder Etage waren Satellitenschüsseln vor den Fenstern angebracht. Die Mieter, die über mir wohnten, schlugen sich in schöner Regelmäßigkeit samstags gegen elf Uhr die Köpfe ein. Die Polizei war Stammgast. Auch bei mir.

Immer noch erhielt ich Besuch von Kommissar Warnke und seinen Kollegen. Irgendwann habe ich sie gefragt, ob sie glaubten, dass man so mit 9,6 Millionen Euro auf dem Konto leben würde. Sie haben gelächelt. Ich habe gedroht, dass ich den Kerl umbringen würde, wenn er mir in die Finger käme. Trotzdem haben sie mich nicht in Ruhe gelassen.

Ulli hat sich in der Zwischenzeit einen anderen Anwalt gesucht, mit dem er die Miete des feudalen Büros Unter den

Linden und die Personalkosten für Empfang und Buchhaltung teilen konnte.

Das einzige, was mir in Neukölln fehlte, war Frau Müller, unsere Katze. Ich hatte sie gefragt, ob sie mitkommen wolle. Frau Müller hatte entschieden nein gesagt. Sie gehörte zu dem Haus in Zehlendorf, das war ihre Heimat. Also habe ich bei den Nachbarn gegenüber geklingelt, deren Grundstück an unseres grenzte. Ich hatte diese Leute noch nie gesehen, weil ein dichter Wald aus Tannen, Eichen, Ahorn und die Rhododendrenhecke die Sicht und den Kontakt zu den Nachbarn nahmen. Aber Frau Müller streifte oft in diesem Garten herum, ich hatte gesehen, wie sie durch ein Loch im Zaun neben dem Komposthaufen durchgeschlüpft war. Deshalb habe ich die Nachbarn gebeten, Frau Müller zu versorgen. Es war ein älteres Ehepaar und sie waren ziemlich pikiert. Von welcher Frau Müller ich denn reden würde. Nun, sagte ich, eine kleine getigerte Katze mit schwarzer Stupsnase und schwarzen Socken.

„Ja, aber das ist Sissy", sagte die Nachbarin. „Sissy gehört sowieso uns."

Ach so. Ja, so lernt man seine Nachbarn kennen.

Ab und zu unternahm ich gemeinsam etwas mit Gabi, Ulli und ihren Zwillingen Nora und Lisa. Es lenkte mich ab. Wenn ich nicht gerade die große weite Welt im Fernseher bestaunte, dann saß ich in Muttis Lehnstuhl und grübelte. Wohin konnte Michael verschwunden sein. Ich fing an, im Internet zu recherchieren. Lange genug war ich von der Unschuld meines Mannes überzeugt gewesen, jetzt, nachdem ich alles verloren hatte, versuchte ich, so schlecht von ihm zu denken, wie es mir möglich war. Ich versuchte, mich in den Kopf eines Michaels hineinzuversetzen, den ich nicht kannte.

Von einem war ich fest überzeugt. Wenn dieser Mann mich verlassen hat, um mit 9,6 Millionen Euro durchzubrennen, dann konnte nur eine andere Frau dahinterstecken. Immer wieder fuhr ich nach Zehlendorf und ging alles durch, was die Polizei mir gelassen hatte. Michaels Klamotten, Amex-Belege, Bewirtungsbelege, die Steuererklärungen, alte Notizbücher, nichts, nichts, nichts.

Ab und zu habe ich den Garten gegossen, der sich bald wieder in dem verwilderten Urzustand befand, in dem ich ihn einmal vorgefunden hatte. Ein Mieter war auf die Schnelle nicht zu finden gewesen, dazu war die Miete zu hoch und die wirtschaftlichen Zeiten zu unruhig. Ich habe Gabi angefleht, Ulli auszuhorchen, ob er irgendwas von einer anderen Frau wusste.

„Ulli sagt definitiv nein", übermittelte Gabi.

Ich habe immer wieder versucht, den Freitag, an dem Michael verschwand, zu rekonstruieren. Ich habe mögliche Zeugen befragt. Natürlich hatte man Michael gesehen. Das hatten sie auch schon der Polizei gesagt. Aber ob das nun am siebzehnten August war, wer kann das nach so langer Zeit noch sagen. In Begleitung einer Frau? Nein, nie.

Ich habe mir Michaels Sekretärinnen (die ja bekanntlich immer die Geliebten sind) vorgenommen. Sowohl Rita als auch die Schuchardt sind glücklich verheiratet. Nein, auch hier kein Hinweis. Ob er denn irgendwelche Geschenke gemacht habe, Blumen habe schicken lassen. Ebenfalls Fehlanzeige. Alle meine Recherchen liefen ins Leere.

Wenn ich nachts im Bett lag, dann habe ich mir vorgestellt, wie ich ihn umbringen würde. Ich habe mir alle Möglichkeiten überlegt, wie ich ihn schön langsam ins Jenseits befördern könnte. Je länger mein Leben in Neukölln dauerte, desto größer wurde mein Hass. Es war das einzige, was mich am Leben erhielt, das einzige wofür ich gelebt habe. Ich würde ihn finden.

Die Monate vergingen, ohne dass ich irgendein Ergebnis gehabt hätte. Es gab weit und breit keine Frau, kein Motiv. Ich habe versucht, zu vergessen, wie sehr ich Michael geliebt habe.

Ich habe versucht zu vergessen, wie sehr er mich geliebt hat. Nur unseren Ehering, den habe ich weiter getragen. Bis dass der Tod uns scheidet.

Auch die Polizei war nicht weiter gekommen. Eins allerdings haben sie herausbekommen. In der gleichen Nacht, in der Michael verschwunden ist, wurde im Parkhaus in Tegel ein VW gestohlen. Der VW wurde später in Koblenz gefunden. Michael hatte also versucht, über die Grenze zu kommen. Natürlich gab es in Koblenz diverse Autodiebstähle. Da niemand wusste, wann genau der VW in Koblenz abgestellt worden ist, konnte nicht mehr zurückverfolgt werden, mit welchem Wagen Michael weiter geflohen ist. Ich hatte mir wirklich einen tollen Ehemann angelacht: Jetzt klaute er auch Autos.

Schweiz, dachte ich, Michael ist in die Schweiz gefahren und hat das Geld auf ein Nummernkonto eingezahlt. Also versuchte ich, herauszubekommen, ob ein Michael Thalheim von Zürich aus irgendwo hingeflogen sei. Das hatte die Polizei auch versucht. Mit dem gleichen Ergebnis: Michael Thalheim ist nirgendwo in der Schweiz in einen Flieger gestiegen. Weder in der Schweiz, noch in Luxemburg, noch in Österreich, noch sonst wo in Europa. Michael Thalheim war einfach verschwunden.

Also versuchte ich es mit Logik. Ich wandte mich an meinen Anwalt und stellte eine blöde Frage: Wohin kann man fliehen, ohne ausgeliefert zu werden. Er machte mir eine Liste. Von diesen Zielen konnte ich alle streichen. Michael würde sich nie irgendwo niederlassen, wo man eine Sprache sprach, die er nicht kannte. Ich war genauso schlau wie vorher.

Das Jahr schleppte sich dahin. Ich hatte sowieso jedes Gefühl für Zeit und Raum verloren. Ich trank zu viel, rauchte zu viel und tat zu wenig, um aus diesem Teufelskreis wieder herauszukommen. Alle meine Nachforschungen landeten im Nichts. Bis zu jenem Tag im Februar 2009. Ich war mit einem schrecklichen Kater aufgewacht und versuchte gerade ein Glas Wasser gegen die Übelkeit zu trinken. Da klingelte das Telefon. Es war Rita, die Empfangssekretärin aus Michaels Kanzlei. Sie müsse mir etwas sagen, begann sie ein wenig stotternd.

„Ich glaube, ich habe am Wochenende Herrn Thalheim gesehen", sagte sie.

Mir stieg die Magensäure hoch: „Wie bitte?"

„Ja, es ist ja irgendwie komisch, ich meine, natürlich, er hatte zwar längere dunkelbraune Haare und braune Augen, aber ich bin sicher, dass es Ihr Mann war."

„Wo?" fragte ich gebannt.

„Na, ja, ich war am Wochenende bei meiner Tante zu Besuch. Tante Trude ist 60 geworden, wissen Sie. Deshalb sind wir nach Mahlow gefahren. Um sie zu besuchen, meine ich. Wir haben uns natürlich total verfahren. Mein Mann hasst es ja, wenn ich jemanden frage, wo es lang geht.

„Und", unterbrach ich sie ungeduldig.

„Also, auf jeden Fall, wir haben den Weg nicht gefunden. Aber die Straße war total leer. Und dann haben wir an einer Wirtschaft gehalten. Also, mehr so eine Eisdiele. Und da bin ich rein und da stand ein Mann am Tresen. Also, wie gesagt, er hatte zwar eine andere Haarfrisur und eine andere Haarfarbe, auch mit den Augen stimmte was nicht, weil, ich meine, weil Herr Thalheim doch immer eine Brille getragen hat, aber, also, der Mann hat ganz erschreckt geschaut, als ich reinkam. So als würde er mich irgendwie wiedererkennen. Ich war auch erschreckt und habe ihn gefragt, also, er war der einzige Gast, also ich habe ihn gefragt, wo denn die Mozart Straße ist. Er hat sich ganz schnell umgedreht und gemurmelt, er weiß es nicht. ‚Ich bin nicht von hier', hat er gesagt. Und die Stimme, das war Original Herr Thalheim, ich schwöre es. Also, ich bin ganz schnell weggelaufen und habe zu meinem Mann gesagt …"

„Rita, wissen Sie noch, wo die Eisdiele war?" fragte ich dazwischen.

„Äh, nein, aber.."

„Danke Rita. Behalten Sie doch bitte Ihren Verdacht erst mal für sich."

Ich ließ den Telefonhörer fallen. Konnte das möglich sein, dass mein Göttergatte gerade mal 50 Kilometer von mir entfernt war? Ich ließ mir die braunen Haare und die braunen Augen durch den Kopf gehen. Haare konnte man wachsen lassen und färben. Und dass es wunderbare Kontaktlinsen in allen Farben gab, hatte sich sogar schon bis zu mir herumgesprochen. Eins stand fest, ich musste sofort nach Mahlow. So schnell habe ich mich noch nie angezogen. Der Kater war vergessen. Dann habe ich ein paar Klamotten in eine Tasche gepackt, eine Zahnbürste, Kamm, Seife und - ein Küchenmesser. Ich setzte mich zitternd in Muttis VW und fuhr los.

Cosmos Ausgabe 5/2010
Sybille Thalheim – Meine Geschichte

4. Teil:
Wiedersehen in Mahlow

Endlich hatte ich eine Spur. Sie führte nach Mahlow. Michaels ehemalige Sekretärin meinte, ihn dort in einer Eisdiele gesehen zu haben. Ich hatte zwar keine Ahnung, wie ich ihn dort finden sollte, aber ich war sicher: Sollte Michael in Mahlow sein, dann würde ich ihn finden. Und ihn töten.

Ein Blick in die Landkarte sagte mir, dass es sich bei Mahlow um eine Stadt direkt an der Grenze zu Berlin-Lichtenrade handelt. Ganz in der Nähe vom Flughafen Schönefeld.

Man kann ein ganzes Leben in Berlin leben, ohne einmal in Lichtenrade gewesen zu sein. Für mich liegt Berlin-Lichtenrade sozusagen am anderen Ende der Stadt, obwohl das eigentlich nicht stimmt.

Ich fuhr also über die Stadtautobahn. Dabei habe ich so gezittert, dass ich einige Beinahe-Unfälle gebaut habe. Aber Gott schützt die Kinder und die Betrunkenen.

Immer wieder sagte ich mir, dass Rita sich geirrt haben muss. Wer 9,6 Millionen Mandantengelder geklaut hat, wer international mit Haftbefehl gesucht wird, wer seine Familie zu Gunsten von was auch immer aufgegeben hat, der steht nicht in Mahlow in irgendwelchen obskuren Kneipen herum und lutscht Eis. Der liegt irgendwo auf einem Schiff und lässt sich den Bauch grillen. Trotzdem, es war die erste Spur seit über eineinhalb Jahren.

4. Teil: Wiedersehen in Mahlow

Nur am Ortsschild habe ich gemerkt, wo Mahlow anfängt. Der Tag entsprach meiner Stimmung: düster und kalt. Ein leichter Nieselregen nahm mir fast die Sicht. Ich fuhr einmal durch den ganzen Ort und sah – natürlich nichts. Bei dem nasskalten Wetter waren so gut wie keine Menschen auf der Straße. Fast wäre ich vorbeigefahren. Ich machte eine Vollbremsung, denn im linken Augenwinkel hatte ich etwas gesehen, was aussah wie „Villa Venetia – Eisdiele". Na ja, sagte ich mir, soviele Eisdielen wird es in Mahlow wohl kaum geben. Ich parkte Muttis Auto und ging zögernd hinein. Drinnen war es rauchig, die Fenster waren beschlagen, es roch nicht gut. Außerdem war der „Salon" leer. Hinter dem Tresen stand eine hässliche, dicke Frau. Ich bestellte Kaffee. Sie servierte ihn, aufreizend langsam und geistig abwesend. Ob sie denn gestern Dienst gehabt hätte, fragte ich sie. Nee. Wer denn gestern Dienst gehabt hätte? Der Chef, wer sonst. Wann kommt der Chef?

„Morgen." Aha.

Ich trank den abgestandenen Kaffee und überlegte, was ich tun sollte. Sicher gab es hier ein Hotel. Ich bezahlte die Plörre und stieg wieder in den VW. Die Alte hinter dem Tresen wollte ich lieber nicht nach einem Hotel fragen. Dann lieber rumfahren.

Ich fuhr also ziellos durch die Straßen von Mahlow: Wie in unserer Gegend üblich, sind die meisten Häuser grau oder braun. Aber es gibt eine Menge wirklich schöner alter Villen. Dazwischen immer wieder neue Fertighäuser. Und plötzlich sah ich ihn. Da stand ein Mann, der von hinten aussah wie Michael. Fast hätte ich wieder eine Vollbremsung gemacht. Nein, dachte ich mir, diesmal nicht. Ich betätigte den Blinker und wendete. Der Mann drehte sich um und starrte mir direkt ins Gesicht. Nein, dachte ich enttäuscht, das ist nicht Michael. Ich fuhr an den Straßenrand und zündete mir erst mal eine Zigarette an. Mein Herz klopfte wie wild. Meine Hände zitterten. Ich öffnete das Fenster und atmete durch. Entspann dich, sagte ich mir selbst. Du fängst an, weiße Mäuse zu sehen. Als ich die Kippe entsorgt hatte, fuhr ich weiter. Irgendwo hier musste es doch ein Hotel geben. Und dann sah ich den Schriftzug: Hotel zur Post. Na also. Ich versuchte gerade den Wagen auf der Kiesauffahrt zu parken, als ein Mann das Hotel verließ. Mir blieb das Herz stehen. Jedenfalls hörte ich auf zu atmen. Es war Michael. Ganz eindeutig Michael. Er trug, genau wie Rita gesagt hatte, längere braune Haare und keine Brille. Aber die Bewegungen, sein eigentümlicher Gang, bei dem er immer eine Schulter so merkwürdig vorschob, sein Profil, die Lachfältchen, all das war Michael. Was sollte ich tun? Ihm folgen? Oder herausbekommen, ob er im Hotel wohnte? Michael war nicht in ein Auto gestiegen, sondern hatte sich zu Fuß auf seinen Weg gemacht. Okay, dachte ich mir, es würde komisch aussehen, wenn ich ihm jetzt mit dem Auto folgen würde. Also wartete ich, bis er außer Sichtweite war und stieg aus. Ich ging in das Hotel und fragte, ob der Herr, der eben hier herausgekommen war, Hotelgast wäre. Das hübsche, aber etwas begriffsstutzige Mädchen an der Rezeption schaute mich an, als ob ich ihr einen unsittlichen Antrag gemacht hätte. „Wie, was, wer?" fragte sie.

„Bitte, ich glaubte eben einen alten Freund aus dem Hotel kommen zu sehen, können Sie mir sagen, ob der Herr, der eben das Hotel verlassen hat, Gast in ihrem Hause ist."

„Wie heißt er denn?" fragte sie.

Ich wollte schon antworten, dass ich das verdammt noch mal nicht wisse, unter welchem Namen er sich eingetragen habe, besann mich dann aber eines Besseren.

„Thalheim", sagte ich, „Michael Thalheim".

„Nein", sagte die Fee, „dieser Herr heißt nicht Thalheim. Das ist Herr Thanner, der eben das Haus verlassen hat, da haben sie sich geirrt."

Ich entschuldigte mich und überlegte, was zu tun sei. Ich

konnte mich ja schlecht in dem Hotel unter meinem Namen einmieten, jetzt, wo ich ihn genannt hatte. Und fragen, wie lange Thanner hier wohnen würde, hätte auch komisch ausgesehen. Also bedankte ich mich und stieg wieder in mein Auto. Ich fuhr in die Richtung, in die Michael gegangen war. Erst als ich die Stadtgrenze erneut passierte, bemerkte ich, dass Michaels Hotel auf der Berliner Seite der Straße in Lichtenrade stand.

Und dann sah ich ihn wieder, er ging Richtung Zentrum von Mahlow. Kein Zweifel, Herr Thanner war mein spurlos verschwundener Ehemann Michael Thalheim. Obwohl er braun gebrannt war, sah er weder gesund noch glücklich aus. Ich würde ihn kriegen, dessen war ich mir jetzt sicher.

Von der Rezeption des Hotels hatte ich mir eine Karte mitgenommen. Ich würde dort anrufen. Es war bereits nach 14.00 Uhr, so dass damit zu rechnen war, dass Michael heute nicht mehr abreisen würde. Jetzt musste ich erst mal eine Bleibe finden. Und dann sah ich in Mahlow ein Hotel. Ich parkte und fragte, ob sie ein Zimmer frei hätten. Sie hatten. Also holte ich meine Tasche aus dem Auto und checkte ein. Mein Zimmer hatte einen Telefonanschluss. Ich rief im Hotel zur Post an. „Michaelsky", meldete ich mich am Telefon. „Herrn Thanner bitte".

„Tut mir leid, Herr Thanner ist nicht im Hause. Darf ich eine Nachricht hinterlassen."

„Tja, äh, ich wollte ihm etwas vorbeibringen, was er bei mir vergessen hat. Könnten sie mir sagen, wie lange Herr Thanner noch in Berlin bleibt?" fragte ich.

„Herr Thanner reist erst am Donnerstag ab", sagte die Dame. Danke schön, heute war Montag, ich hatte also genug Zeit, mir meinen Mann vorzuknöpfen.

Ich setzte mich aufs Bett und überlegte, wie ich vorgehen wollte. Ich musste irgendwie in sein Hotelzimmer kommen, wenn er nicht da war. Aber wie? Als Besucher? Nein, das war schlecht, die Maus an der Rezeption hatte mich gesehen und gesprochen. Vielleicht als Zimmermädchen? Aber wie könnte ich mich als Zimmermädchen ins Hotel schmuggeln. Solange die Frau, die mich gesehen hatte, an der Rezeption war, konnte ich mir das abschminken. Nun, sie würde nicht ewig Dienst haben. Ich würde zunächst einmal seine Zimmernummer herausbekommen müssen. Ich zündete mir eine Zigarette an und trat ans Fenster. Mein Blick fiel nicht nur auf tristes Grau, sondern auch auf einen Wagen mit der Aufschrift: Expressbote. Na, das war doch die Idee. Ich würde bis zum nächsten Tag warten und dann nochmals anrufen und sagen, dass Herr Thanner eine eilige Sendung erwarte und fragen, welche Zimmernummer er hätte. Und dann abends als Kurier darauf bestehen, sie ihm persönlich auszuhändigen. Kein Problem. Ich legte mich wieder auf das schmale Bett und starrte die Decke mit ihren nikotingefärbten Kunststoffplatten an. Und dann? Was wäre dann? Er würde die Tür aufmachen und ich würde zustechen. Aber dann würde ich nie erfahren, warum er uns verlassen hat. Ich müsste versuchen ins Zimmer zu kommen, um mit ihm zu reden. Ja, ich würde ihn umbringen, aber erst wollte ich seine Geschichte hören. Vielleicht war er bewaffnet. Na und, dann würde er eben versuchen zu fliehen. Ich würde hinter ihm herrennen. Wenn er auf mich schießen würde, wäre es auch egal. Mein Leben hatte eh nur noch einen Zweck. Ich wollte Rache. Aber vorher wollte ich wissen, weshalb mich dieser Mann verlassen hatte.

    Mein Plan erschien mir gut. Und ich hatte genug Zeit, über ihn nachzudenken. Ich rauchte eine Marlboro nach der anderen, bis sich mein Magen meldete. Ich hatte überhaupt nichts gegessen an diesem Tag.

    Außer einem Glas Wasser am Morgen und einem lauwarmen Muckefuck in der Eisdiele hatte ich nichts im Magen. Sie hatten unten eine Gaststube. Ich kämmte mir die Haare, draußen begann es dunkel zu werden. Aber vorher würde ich die Zimmernummer herausbekommen. Also rief ich nochmals im Hotel zur Post an. Eine andere, eine männliche Stimme meldete sich.

„Hier Büro Sucker", sagte ich. Herr Thanner erwartet von uns Morgen eine dringende Lieferung, die ihm persönlich ausgehändigt werden muss. Darf ich Sie nach seiner Zimmernummer fragen, damit ich sie auf die Sendung schreiben kann?"

„Moment", nuschelte der Mann an der Rezeption. Man hörte ihn in einem Buch blättern. „Zimmer 43".

„Danke schön."

So einfach war das also. Ich ging in die Gaststube, die halb leer war. Der Platz hinten in der Ecke erschien mir der beste. Ich bestellte ein Bier und einen Ratsherrentopf und starrte aus dem Fenster. Morgen also wäre es so weit. Fast zwei Jahre hatte ich auf diesen Augenblick gewartet. Ich musste ihn irgendwie so zu fassen kriegen, dass er reden würde. Und wenn es mit dem Messer an der Kehle wäre. Himmel, hatte ich Durst. Ich bestellte noch ein Bier. Wieso war er in Berlin, was machte er in Lichtenrade? Nicht im Traum hätte ich geahnt, meinen verschollenen Ehemann hier, sozusagen zu Hause, zu finden. Offensichtlich wohnte er hier nicht, sondern war nur zu Besuch hier. Er war auf dem Gemeindeamt. Wieso?

Mein Herz war schwer und der Ratsherrentopf ungenießbar. Die vergilbte Tapete zeugte davon, dass hier früher viel geraucht worden war. Es waren nur wenige Gäste in der Stube, die mich verstohlen musterten. Mir war fast schlecht vor Hunger, aber diese Fleischstücke waren steinhart. Ich versuchte ein paar von den Erbsen und Möhren, ein Häppchen Kartoffeln, scheußlich. Also bestellte ich noch ein Bier und einen Schnaps. Es schien Stunden zu dauern. Das Bier wurde schon auf dem Tresen, wo es herrenlos stand, schal. Mein Gott, nicht nur das Essen, sondern auch der Service hier waren eine Katastrophe. „Herr Ober, bitte bringen Sie mir doch mein Bier."

„Sofort, Gnädige Frau", sagte der und entschwand. Am liebsten wäre ich aufgestanden und hätte es mir selbst geholt. Als er endlich so gnädig war, es zu bringen, habe ich gleich noch mal ein Gedeck bestellt, ich hatte ja gesehen, wie lange es dauerte. Und ich wollte gut schlafen. „Tue nichts in der Euphorie und nichts aus Verzweiflung", hatte Michael einmal zu mir gesagt. Nein, mein lieber Michael, die Verzweiflung ist in mir zu Stein geworden und über die Euphorie, dass ich dich gefunden habe, werde ich erst mal schlafen, sagte ich mir. Dann ging ich ins Bett.

Cosmos Ausgabe 6/2010
Sybille Thalheim - Meine Geschichte-

5. Teil:
Wie sie mich gefunden haben

Himmel, hatte ich einen Brummschädel. Mühsam versuchte ich, meine Augen zu öffnen. Sie waren völlig verklebt. Wo war ich? Ich starrte an die Decke und sah nikotinvergilbte Kunststofffliesen. Iiihhh! Ich hatte einen Geschmack wie rostiges Eisen im Mund. Langsam fiel es mir wieder ein: Mahlow. Ich lag in einem billigen Hotelbett in Mahlow. Die Spur meines seit zwei Jahren verschollenen Ehemannes Michael hatte mich hierhergeführt. Er lag in einem anderen Hotel in einem anderen Bett in Berlin-Lichtenrade, keine fünfhundert Meter von mir entfernt und ahnte nicht, dass sein letztes Stündlein geschlagen hatte.

Wieso hatte ich eigentlich solche Kopfschmerzen? Ich erinnerte mich: Gestern hatte ich zwar kaum etwas gegessen, aber so viel getrunken hatte ich nun auch wieder nicht. Vier Bier und zwei Schnäpse. Bei meinem derzeitigen Quantum lächerlich. Ich versuchte den Kopf zu heben, aber es hämmerte wie wild darin. Erschöpft sank ich in das Nylonkissen zurück. Ich bewegte meinen Arm Richtung Nachttisch, um den dort aufgestellten Wecker zu besichtigen. Ich griff in etwas Feuchtes. Als ich auf meine Hand schaute, war sie blutrot. Ich setzte mich mit einem Ruck auf, wobei ich mich fast übergeben hätte. Und dann sah ich es: das blutige Küchenmesser. Ich nahm es in die Hand und starrte verwundert darauf. Mein Küchenmesser, kein Zweifel.

Verdammt, hatte ich jetzt einen Blackout? Ich legte das Messer sorgfältig zurück auf den Nachttisch und versuchte aufzustehen. Mir wurde schlecht. Ich stürzte auf die Toilette und übergab mich. Im Spiegel schaute mich ein totenbleiches Gesicht an. Abgesehen von dem Blut, das ich mir offensichtlich beim Kotzen in die Haare geschmiert hatte. Mein Magen drehte sich noch mal um. Es hämmerte wie wild in meinem Kopf. Nein, das war nicht mein Kopf, es hämmerte an die Tür.

„Ich schlafe noch", schrie ich Richtung Tür.

„Aufmachen, Polizei".

Es drehte sich alles, ich fiel einfach in Ohnmacht.

Als ich wieder zu mir kam, lag ich auf dem Bett. Um mich herum standen mehrere Menschen.

„Wer sind Sie", fragte ich verwirrt.

„Polizei. Sind Sie Sybille Thalheim?"

„Ja, wieso?"

„Frau Thalheim, ziehen Sie sich bitte an, Sie sind verhaftet."

„Wieso?"

„Sie werden beschuldigt, ihren Ehemann Michael Thalheim erstochen zu haben."

„Wieso?" Etwas Blöderes fiel mir nicht ein. Mir fiel überhaupt nichts dazu ein. Ich versuchte wieder, mich zu erinnern. Ich hatte vier Bier und zwei Schnäpse getrunken und bin schlafen gegangen. Aber wie kam dann mein Küchenmesser, blutbeschmiert, auf meinen Nachttisch?

„Welchen Tag haben wir heute", fragte ich die Polizisten.

„Den 2. Februar."

Aha. Ich war am 1. Februar angekommen, also konnte ich Michael nicht erstochen haben. Denn ich hatte geplant, ihn erst heute in seinem Hotelzimmer zu stellen.

„Wie spät ist es", fragte ich verwirrt?

„14.37 Uhr", sagte der Polizist.

Mein Gott, so lange konnte ich unmöglich geschlafen haben, schoss es mir durch den Kopf.

Die Polizisten hatten sich über den wackligen Stuhl gebeugt, der vor dem Fenster an einem Tisch stand. Dort lagen meine Klamotten. Einer zog den Pullover hoch und zeigte ihn seinem Kollegen. Blutverschmiert, sagte der Kollege.

„Wieso, was ist passiert?" schrie ich.

Komisch, ich hatte mir bis zu diesem Zeitpunkt keine Gedanken darüber gemacht, wie mein Leben weitergehen sollte. Ich hatte auf den Tag hin gelebt, an dem ich Michael finden würde. Auf den Tag hin vegetiert, an dem ich den Schwur, den ich am Grab meiner Mutter geleistet hatte, einlösen und ihn umbringen würde. Was danach mit mir geschehen würde, war mir gleichgültig. Ich konnte mich zwar erinnern, Michael gefunden zu haben, aber nicht, ihn getötet zu haben. Wahrscheinlich hätte ich dann selbst die Polizei angerufen, sozusagen nach getaner Arbeit. Wieso konnte ich mich nicht erinnern?

Vor allem wusste ich immer noch nicht, wieso Michael mich verlassen hatte, wieso er seine Familie im Stich gelassen und unser aller Leben damit vernichtet hatte.

„Ziehen Sie sich bitte an", sagte einer der Polizisten. Im Kleiderschrank hatten sie Sachen gefunden, die offensichtlich nicht blutverkrustet waren. Sie haben mich damit ins Badezimmer geschickt, eine Polizistin ist mit hineingekommen, damit ich nicht aus dem nicht vorhandenen Fenster springe oder mir mit den nicht vorhandenen Rasierklingen die Pulsadern aufschneide. Deine Würde ist das erste, was auf der Strecke bleibt, wenn man dich des Mordes bezichtigt.

Sie brachten mich auf ein Revier, wo ich zunächst in eine Zelle gesteckt wurde. Sie roch nach Schweiß, nach Erbrochenem, nach Alkohol, nach Angst und Desinfektionsmittel. Oder war ich es, die so roch? Nein, ich hatte keine Angst. Ich hatte Fragen.

Zunächst haben sie mich „erkennungsdienstlich behandelt".

Das heißt, sie haben „Starportraits" von mir gemacht und meine Fingerabdrücke genommen. Und eine Blutprobe aus meinen Haaren. Ich hoffte, dass sie diese Fotos nie an die Zeitungen geben würden, denn wie ich nach diesem Morgen aussah, kann man sich wohl vorstellen. Dann brachten sie mich in ein kleines Zimmer. Zwei Männer und eine Frau waren anwesend. Sie würden alles aufnehmen und mitprotokollieren. Bitte, macht doch was ihr wollt. Ich hätte das Recht auf einen Anwalt. Ob ich jemanden anrufen wolle. Ich überlegte. Ulli. Ich rief also Ulli an, unseren alten Freund Ulli Henke, hauptberuflich Strafverteidiger, der beste, den es gibt, hatte jedenfalls mein Mann Michael gesagt.

„Ich habe Hunger", sagte ich.

Ich bekam etwas zu essen. Es schmeckte köstlich.

„Haben Sie eine Zigarette?" Sie hatten nicht. Ich wurde in die Zelle mit den üblen Ausdünstungen zurückgebracht. Ulli würde kommen und mich hier rausholen.

Drei Stunden später kam Ulli.

„Bille, was machst du für Sachen". Wir umarmten uns.

„Ich habe nichts getan, woran ich mich entsinne, Ulli. "

„Dann beantworte keine Fragen, mach' auf keinen Fall ein Geständnis."

„Wozu brauchen die ein Geständnis, sie haben doch das Messer mit meinen Fingerabdrücken und die Klamotten, reicht das nicht?"

„Schlimm genug, Bille. Woran kannst du dich erinnern?"

„Daran, dass ich versucht habe, zu Abend zu essen, vier Bier und zwei Schnäpse getrunken habe und schlafen gegangen bin. Und dass ich Michael gefunden habe. Dass ich heute als Kurier in sein Hotelzimmer eindringen und ihn zur Rede stellen wollte. Aber ich habe es nicht getan Ulli, glaub' mir."

„Bille, das mit dem Kurier und deinem Plan, das behalte um Gottes Willen für dich. Antworte nur in Bezug auf das, was du getan hast und woran du dich erinnerst. Alles andere geht keinen was an."

„Ulli, ich will wissen, wie sie auf mich so schnell gekommen sind", sagte ich.

„Das kriegen wir raus."

Sie haben mich stundenlang vernommen. Ulli hat dabei gesessen und ab und zu den Kopf geschüttelt. Ab und zu hat er eine Frage zurückgewiesen. Aber was sollte ich den Leuten auch sagen, ich wusste ja nichts.

Später habe ich erfahren, wie sie so schnell auf mich gekommen waren. Das Zimmermädchen hatte Michael gefunden, sein Hotelzimmer war nicht abgeschlossen. Sie hatte die Polizei gerufen. Und die hatte bei Michael zwei Pässe gefunden, einer lautete auf den Namen Michael Thalheim, der andere auf den Namen Markus Thanner. Und sie haben die Anrufe im Hotel zurückverfolgt. Das war einfach, das Hotel hat die eingehenden Anrufe gespeichert. So kamen sie auf mein Hotel. Bei dem Namen Thalheim klingelten dann die Alarmglocken. Es war wirklich ganz einfach gewesen. Die Polizei konnte sich gratulieren, so schnell hatten sie wohl selten einen Mord aufgeklärt.

So genau kann ich mich nicht mehr an die vielen Vernehmungen erinnern. Ich habe gebetsmühlenartig immer wieder gesagt, ich sei es nicht gewesen. Wenn ich dann in meiner Zelle lag, haben die Gedanken sich überschlagen. Hatte ich einfach einen Blackout gehabt? Hatte ich es nicht mehr aushalten und war noch am gleichen Abend zu Michael gefahren? Mein Gedächtnis schüttelte nur den Kopf.

Erst ganz langsam wurde mir bewusst, dass Michael tot war. Was fühlte ich dabei? Kaum zu glauben, aber wahr: Trauer.

Trauer, weil ich immer noch nicht wusste, was mit uns passiert war. Trauer um die wunderschönen Jahre, die wir gemeinsam erlebt haben und die nun endgültig vorbei waren. Trauer darüber, dass ich, nun fast 38 Jahre alt, Witwe war. Trauer, dass es für mich zu spät war. Zu spät, um noch einmal von vorn anfangen zu können. Ich würde nie mehr vorbehaltlos lieben können, nie mehr vertrauen können. Und nie wieder ein Kind von ihm haben können.

Nein, Angst hatte ich nicht. Was sollte mir schon passieren, was mir noch nicht passiert war? Denn jede Zelle eines Gefängnisses ist angenehmer, als die Wochen, die ich in unserer Villa in Zehlendorf allein und verzweifelt herumgetigert bin, wartend auf Michael, auf eine Nachricht, auf eine Antwort. Keine Strafe dieser Welt kann größer sein, als das Kind zu verlieren, das man sich so sehnlichst gewünscht hat. Und kein Richter dieser Welt würde mich schuldiger sprechen, als ich mich schuldig fühlte am Tod meiner geliebten Mutter. Meine Trauer um Michael saß wie ein Kloß in meiner Kehle. War es denn möglich, dass ich nach allem, was ich erlebt hatte, immer noch so etwas wie Liebe zu diesem Mann gefühlt hatte? Ich hatte so viele Fragen und bekam keine Antworten. Was hatte Michael in Mahlow gemacht? Darum kümmerte sich keiner. Warum auch?

Cosmos – Ausgabe 7/2010
Sybille Thalheim – Meine Geschichte -

6. Teil:
Vor Gericht

U-Haft in Berlin-Pankow. Nicht gerade das Ritz-Carlton, aber doch erstaunlich komfortabel. Ich war in einer Gruppe mit elf Frauen untergebracht. Jede hatte ein Einzelzimmer mit einem extra eingebauten Bad mit WC.

Am Anfang habe ich mich gegen meine Mitgefangenen abgeschottet. Nein, ich war keine von ihnen, das ließen wir uns gegenseitig spüren. Also lag ich auch tagsüber auf meinem Bett, starrte die Einbauwand an und grübelte über immer die gleiche Frage: Habe ich Michael getötet?

Aber auf Dauer hält man das nicht aus. Also suchte ich tagsüber die Gemeinschaftsräume auf, kochte mit den Frauen, backte Kuchen und schaute gemeinsam mit den anderen Krimis im Fernsehen an. Außerdem durften wir arbeiten: Ich habe mit Begeisterung Tüten für eine Parfümerie-Kette geklebt.

Und so habe ich gemerkt, dass ich doch eine von ihnen war. Genauso verzweifelt, genauso verletzt und genauso unfähig, meine Probleme zu lösen.

Bald wurde ich für die Frauen, die zum Teil nicht mal richtig lesen und schreiben konnten, so etwas wie ihre Beraterin. Ich half ihnen Briefe zu schreiben und informierte mich für sie über ihre Rechte.

Zum Schluss meiner Zeit in Pankow habe ich sogar eine

Freundin gefunden. Die praktische Babsi mit dem blonden Pagenkopf war Krankenschwester. Sie hatte einen achtjährigen Sohn, den sie abgöttisch liebte und ohne Vater großzog. Immer wenn die Spielstunden angesetzt waren, war Babsi Stunden vor- und nachher in Tränen aufgelöst. Sie hätte alles für ihr Kind getan. Um keine Nachtschichten mehr machen zu müssen, hatte Babsi in einem Pflegeheim gearbeitet. Es ist nicht einfach, ein Kind ohne Vater zu ernähren. Sie trug die Verantwortung für eine ganze Station: 15 Siechen, die gewaschen, gefüttert, gebettet und getröstet werden mussten. Und als Hilfe eine kleine Schwesternschülerin, die zwar eifrig, aber völlig unerfahren war.

An einem Freitag sagte sie zur Schwesternschülerin, dass sie hoffe, dass die alte Dame in Zimmer 14 noch vor dem Wochenende sterben werde. Die alte Dame war 99 und die Ärzte hatten sie bereits seit Wochen aufgeben.

„Du musst wissen Bille," erklärte Babsi mir, „dass am Wochenende keine Ärzte und keine ausgebildeten Schwestern da sind. Wenn also jemand stirbt, müssen alle zusammengetrommelt werden."

Die alte Dame konnte nichts mehr essen, sie war schon ganz kalt. Also hat Babsi ihr die Hand gehalten und ein bisschen heißen Kaffee eingeflößt. Danach hat sie Feierabend gemacht und sich auf ihr freies Wochenende gefreut.

Die alte Dame verstarb in der Nacht zum Samstag. Als Babsi am Dienstag wieder zur Arbeit erschien, wurde sie von der Schwesternschülerin beschuldigt, die alte Frau ermordet zu haben. Auf Wunsch der Familie wurde die alte Frau aufgeschnitten. Man fand Kaffee in ihrer Lunge. Babsi wurde verhaftet und des Mordes angeklagt.

Babsis Junge ist Epileptiker. Jetzt lebt er in einem Heim. Und dort wird er wohl noch einige Jahre bleiben, denn Babsi ist zu fünfzehn Jahren Gefängnis verurteilt worden.

Und ich habe geglaubt, dass es mir beschissen geht.

In der U-Haft hatte ich Zeit genug gehabt, den Ablauf der Tage im Februar immer und immer wieder zu durchdenken. Noch immer hatte ich keine Antworten auf meine Fragen bekommen. Was hatte Michael in Mahlow gemacht? Wo war er in der Zwischenzeit gewesen? Was war passiert? Warum hatte er mich verlassen, wozu hatte er so viel Geld gebraucht?

Auch während der sieben Prozesstage war mein schönes Leben mit Michael wie ein Film an mir vorbeigezogen. Erst jetzt hatte ich in vollem Umfang begriffen, dass ich eine Privilegierte gewesen war. Ich hatte das Glück gehabt, einen Vater gehabt zu haben, der mir eine Schaukel in den Apfelbaum hängte, eine Mutter, die mittags mit handgedrehten Buletten auf mich wartete, einen Großvater, der mir von Thor Heyerdahl erzählte und eine Oma, die mir Pippi Langstrumpf zum siebenten Geburtstag schenkte. Ich hatte das Glück gehabt, unter meinen Begabungen wählen zu dürfen und den Beruf zu erlernen, von dem ich immer geträumt hatte. Ich hatte das Glück gehabt, einen gebildeten, humorvollen Mann zu treffen und mich in ihn zu verlieben. Ich hatte das Glück gehabt, mir die Blusen kaufen zu können, die mir gefielen und in die Länder reisen zu dürfen, nach denen ich mich sehnte. Ich hatte so viel Glück gehabt in meinem Leben und kaum selbst etwas dazu getan. Früher war all dieses Glück für mich selbstverständlich gewesen, manchmal hatte ich sogar ein bisschen von oben herab auf die geschaut, die in ihrem Leben weniger Glück gehabt haben.

Die, die weniger Glück gehabt haben, habe ich zum ersten Mal in meiner Wohnung in Neukölln kennen gelernt. Ich werde nie den Geruch in diesem Haus in Neukölln vergessen und die Gemeinheiten, die meine Nachbarn sich gegenseitig um die Ohren hauten. Auch in Neukölln gehörte die Verzweiflung zum Alltag. Und dann hier, in der Justizvollzugsanstalt Pankow.

Was jammerst du eigentlich, habe ich mich gefragt, du hast das verloren, was die anderen Frauen hier niemals gehabt haben. Keine treusorgenden Eltern, die große Erbschaften hinterließen, keine Wunschkinder, keine rührend besorgten Ehemänner, keine Traumjobs mit sechsstelligem Jahresgehalt. Sie haben auch nicht ihre Villa in Zehlendorf verloren.

Die Frauen, die hier auf ihren Prozess warteten, hatten nicht selten weniger als das Existenzminimum gehabt, waren auf den Strich gegangen, hatten sich die Hände wund geputzt, um ihre Kinder zu ernähren, hatten ihre Verzweiflung mit Alkohol oder Drogen getötet, waren missbraucht worden und haben ihre Väter und später ihre Männer als prügelnde, besoffene Schweine erlebt. Trotzdem hatte so manche der Frauen hier mehr Herz und Ehrgefühl als die meisten der tollen Karrierefrauen, die ich im Laufe meines Berufslebens kennen gelernt habe.

Aber für diese Frauen und ihre Geschichten interessierten sich die Medien natürlich nicht. Ihre Gesichter kannte man nicht aus dem Fernsehen, sie waren nicht Teil der Berliner Gesellschaft, sondern Unsichtbare einer unsichtbaren Klasse. Die Verbrechen, die die meisten, die hier einsitzen, begangen haben, waren kleine, billige Verbrechen. Die meisten Frauen, die hier monatelang auf ihren Prozess warteten, haben Waren im Wert von unter 400 Mark gestohlen. Und meist nicht mal für sich selbst, sondern für ihre Kinder. Das sind Summen, für die sich fast jeder Normalbürger nicht schämt, die Steuer oder die Versicherung zu betrügen. Und ich habe immer geglaubt, die Welt sei gerecht.

Oh ja, ich war bescheiden geworden in Pankow.

Der Staatsanwalt hat Anklage erhoben, sie lautet auf vorsätzlichen Mord. Ich weiß nicht warum, aber irgendwie hatte ich geglaubt, dass alles, was mir passiert war, mildernde Umstände gegeben hätte. Ich hatte geglaubt, ein paar Jahre dafür zu bekommen. Ulli hatte mich eines besseren belehrt. Das, was Michael mir angetan hat und der daraus resultierende Vorsatz der Tötung führten dazu, dass es überhaupt erst Mord wurde. Hätte ich Michael ohne Ankündigung und ohne Gründe das Messer in den Bauch gerammt, wäre es Totschlag gewesen, darauf stehen fünf bis zehn Jahre. Auf Mord wenigstens 15 Jahre bzw. lebenslänglich.

Wenn ich jemals aus dem Gefängnis herauskommen wollte, sagte Ulli, sollte ich versuchen, den Vorsatz zu verschweigen, was gar nicht so einfach war. Denn es gab genügend Zeugen, vor denen ich meine Absichten kundgetan hatte, ja sogar gegenüber der Polizei hatte ich gedroht, Michael zu töten.

Was mir zu Hilfe kam, war der totale Blackout, den ich hatte. Ich konnte mich beim besten Willen nicht daran erinnern, zu Michael in sein Hotelzimmer geschlichen zu sein und ihm das Küchenmesser 18mal in den Leib gerammt zu haben. Mein Gott, 18 Stiche, daran muss man sich doch wohl erinnern.

Mord oder Totschlag, so lautete also die Alternative oder unter dem Strich: Mindestens 15 Jahre oder wenigstens fünf Jahre.

Ulli hatte mir klargemacht, dass ich weiter dabei bleiben sollte, es nicht getan und es auch nicht vorgehabt zu haben. Wir hatten uns darauf geeinigt, dass ich bei dem Prozess nichts sagen und er die Beweisführung übernehmen würde. Und so sagte ich bei dem Prozess gar nichts. Außer natürlich am ersten Tag meinen Namen und meine Personalien, das brauchen sie im Prozess zur Feststellung der Person.

Nach sechs Monaten in Untersuchungshaft begann im August mein Prozess.

Niemand hat herausbekommen, wo das Geld, das Michael unterschlagen hatte, geblieben ist. Keiner wusste, was Michael in Mahlow gemacht hat. Alles hatte sich auf mich gestürzt, weil alle glaubten, wenigstens zu wissen, was ich getan hatte. Nur ich wusste es nicht.

Am ersten Prozesstag haben sie mein Verbrechen vor mir und den staunenden Zuhörern ausgebreitet. Sie haben mich angeschaut und sich gefragt, wie eine so elegante Lady so unappetitliche Sachen gemacht haben kann. Ulli hat dann Zeugen aufgeführt, die meine Verwirrung beeidet haben. Und Zeugen, die aussagten, wie betrunken ich gewesen sei. War ich verwirrt? Nur weil ich nervös war und mein Essen nicht aufgegessen hatte? Das eine war ja wohl normal, wenn man seinen verschwundenen Ehemann plötzlich wiedersieht, das andere schmeckte einfach nicht.

Während der Prozesstage habe ich Ulli beobachtet. Ich hatte Michael durch Ulli kennen gelernt, der damals mein Geliebter gewesen war. Ulli machte seine Sache gut, sehr gut sogar.

Manchmal hatte ich das Gefühl, mit dem Prozess überhaupt nichts zu tun zu haben. Es war so, als sei ich eine Beobachterin, die später über den Prozess berichten soll. Ich habe mit Spannung die Zeitungsberichte über den Prozess verfolgt. Aber eigentlich nicht, weil ich wissen wollte, was sie über mich schrieben, sondern um zu schauen, wie die Kollegen darüber berichteten. Déformation professionelle.

Einige Zeugen haben mir sehr wehgetan. Zum Beispiel meine ehemalige Putzfrau Irene Semmler. Es ist schon erstaunlich, was Menschen sich so für böse Geschichten zusammenreimen. Du bist, was du denkst, hat meine Mutti mal gesagt. Das stimmt wohl.

Wirklich spannend war der Psychiatrische Gutachter. Er bescheinigte mir, dass ich die Rachegedanken zum Überleben gebraucht hätte. Er erklärte mich für schuldunfähig. Tötung im Affekt. Danach sah es ganz gut aus für mich.

Am siebenten Prozesstag hielt Ulli sein Plädoyer. Ulli war

grandios. Wie er mich als leidende Madonna dargestellt hat, das war wirklich filmreif. Er hat alle Register seines Könnens gezogen.

„Und diese Frau, der alles genommen wurde, hörte plötzlich, dass der Mensch, der ihr das angetan hatte, in einer Eisdiele in Mahlow gesehen wurde."

Cosmos – Ausgabe 8/2010
Sybille Thalheim – Meine Geschichte,

7. Teil:
Das Geständnis

Der siebente Prozesstag: Der Tag, an dem mein Verteidiger Ulli Henke ein glänzendes Plädoyer gehalten hat.

„Sybille Thalheim ist verzweifelt. Sie sitzt in der Gaststube dieses Hotels in Mahlow. Sie kann nichts essen, stattdessen trinkt sie auf nüchternen Magen zu viel Bier und zu viele Schnäpse. Ihr wird schwindelig, sie geht durch den Hintereingang nach draußen, um ein bisschen frische Luft zu schnappen. Die frische Luft bekommt ihr nicht, ihr wird noch trieseliger."

Ja, genau so hatte es sich abgespielt.

„Sie geht in ihr Hotelzimmer und kleidet sich aus. Sie holt das mitgebrachte Küchenmesser aus ihrer Tasche, legt es auf den Tisch. Danach kann sie sich an nichts mehr erinnern."

Ja, genauso hatte es sich zugetragen. Danach konnte ich mich an nichts mehr erinnern.

Ich merkte, dass sich der Gerichtssaal um mich drehte. Meine Gedanken überschlugen sich. Wie bei einem Gewitter leuchteten Szenen aus meinem Leben plötzlich im hellen Blitzlicht auf und verschwanden, bevor ich sie greifen konnte. Ich brauchte Zeit. Zeit um nachzudenken, alles noch mal zu überdenken. Ich war in Panik. Das Blut rauschte in meinen Ohren, der Saal drehte sich um mich. Konnte es sein, dass ich die ganze Zeit einfach blind gewesen bin? Und genau da fragte mich die Vorsitzende Richterin, ob ich noch etwas sagen wolle. Was sollte ich sagen?

„Ich bekenne mich schuldig, den gewaltsamen Tod meines Ehemanns Michael Thalheim geplant und herbeigeführt zu haben."

Und das stimmt, buchstäblich, so wie ich es vor Gericht gesagt und jetzt geschrieben habe.

Nur hat sich alles ganz anders abgespielt. Und hier ist die wirkliche Geschichte. Meine Geschichte, die ich erst erfahren habe, als ich bereits verurteilt worden war. Hier im Gefängnis in Berlin-Lichtenberg, in dem ich seitdem einsitze, habe ich sie recherchiert. Dabei kam mir ein Angebot zu Hilfe, das ich nicht ausschlagen konnte.

Kurz nach meiner Verurteilung bekam ich Besuch. Nicht von Gabi oder Ulli, sondern von einem korpulenten jungen Mann namens Peter Schulz-Pfister. Welch ein Name. Ich dürfe ihn Peter nennen, sagte er. Er käme vom Cosmos und habe mir ein Angebot zu machen. Die lieben Kollegen. Sie wollten die Exklusiv-Rechte an meiner Geschichte. Dafür sollte ich eine erhebliche Summe erhalten. Ich habe mir Bedenkzeit ausgebeten.

Eine Woche später war Peter mit dem unaussprechlichen Nachnamen wieder da.

„Ich habe Bedingungen", habe ich gesagt.

„Ich höre."

„Gut, ich werde meine Geschichte schreiben. Aber es ist meine Geschichte. Ich will nicht, dass Ihr darin rumredigiert. Ich will, dass sie genauso abgedruckt wird, wie ich sie schreibe."

„Kein Problem", sagte Peter, „wenn das alles ist."

„Nein", das ist nicht alles. „Ich brauche die volle Unterstützung der Redaktion, eure besten Leute zur Recherche.

„Was sollen wir recherchieren?" fragte Peter.

„Das, was ich euch sage. Die Story muss in mehreren Teilen

erscheinen. Sie müssen die geschriebenen Seiten abholen. Und dann sage ich Ihnen, was Sie recherchieren sollen. Und wenn Sie wiederkommen, will ich über die Ergebnisse informiert werden."

„Das muss ich mit der Chefredaktion und der Rechtsabteilung absprechen", sagte Peter. Drei Tage später war er wieder da.

„Das geht in Ordnung", meldete er.

Der Cosmos hat Wort gehalten. Sie haben ihre besten Journalisten auf meine Story angesetzt. Was die Polizei in zwei Jahren nicht herausgefunden hat, hat Cosmos in zehn Wochen geschafft.

Cosmos – Ausgabe 9/2010
Sybille Thalheim – Meine Geschichte:

8. Teil:
Die wahre Geschichte

Februar 2008: Es begann mit Tante Trude. Die wurde 60 und Rita, die Empfangssekretärin aus der Kanzlei von Ulli Henke muss nach Mahlow, mit Tantchen Geburtstag feiern. Sie verliert sich im Gewirr der Straßennamen, sucht Hilfe in einer Eisdiele und findet Michael. Die wackere Rita ruft mich am nächsten Tag aus der Kanzlei an und informiert mich über dieses unglückselige Zusammentreffen.

Ich fahre nach Mahlow. Ausgerüstet mit Wäsche, Waschzeug und Küchenmesser. Ich will Michael finden, ihn zur Rede stellen und Rache nehmen. Und habe Glück: Michael kommt mir aus dem Hotel „Zur Post" in Lichtenrade entgegen. Der Rest war ein Kinderspiel. Durch einen Anruf im Hotel erfahre ich seine Zimmernummer und seine Aufenthaltsdauer. Es bleibt mir genug Zeit, mein Vorhaben zu durchdenken und zu planen. Ich steige in einem Hotel in Mahlow ab. Mein Magen fordert sein Recht und ich setze mich in die Gaststube. Die Kneipe ist wenig anheimelnd: gelbgemusterte Tapeten aus DDR-Beständen, ein langer Tresen, 10 Holztische mit wackligen Stühlen, zur Toilette geht es, genauso wie zur Küche, in einem langen, dunklen Gang neben dem Tresen. Am Ende des Ganges befindet sich eine Tür nach draußen.

In der Gaststube sind zu diesem Zeitpunkt acht Gäste an

sieben Tischen versammelt: der Getränkeautomaten-Vertreter Wolfram Günther, die Rentnerinnen Elise Baltus und Lucie Peschel, der Fenstermonteur Ludwig Hagenow, der Dachdeckergehilfe Ortwin Bayer, der Russe Boris Zaretzki sowie ein weiterer Gast, dessen Namen wir nicht kannten, da er nicht im Hotel wohnte und ich. Der Service in der Gaststube ist genauso schlecht wie das Essen. Es gibt nur den Kellner Wolfgang Kaiser und der schwatzt lieber mit dem Koch, als die Gäste zu bedienen.

Jede Bestellung dauert und dauert. Das frisch gezapfte Bier steht auf dem Tresen, direkt neben dem Gang zur Toilette und wird schal.

Der Kellner bringt mein Essen, was absolut ungenießbar ist. Das Bier schmeckt auch nicht, aber von irgendwas muss man sich ja ernähren. Ich bestelle deshalb noch eins und noch eins. Jedes Mal das gleiche – der sowieso nur mager vorhandene Schaum zersetzt sich in den Minuten auf dem Tresen zu einer schmierigen Schicht. Ich bestelle also einen Schnaps, um das zu verdauen. Mit meinen Gedanken bin ich bei meinem Mann. Was werde ich sagen, was wird er sagen? Ich kann mir immer noch keinen vernünftigen Grund vorstellen, warum er mich im Stich gelassen hat. Es ist die eine, die immer wiederkehrende, bohrende Frage: WARUM? - die mich an diesem Abend beschäftigt.

Mein Plan ist klar und einfach. Wie ich in sein Hotel kommen werde, wie ich ihn dazu bringen werde, die Tür zu öffnen. Mir wird irgendwie komisch. Kein Wunder, ich hatte nichts gegessen und dafür zu viel getrunken. Ich bin also auf die Toilette gegangen. Danach bin ich durch die Hintertür geschlüpft und habe frische Luft geschnappt und eine Zigarette geraucht. Nicht lange, vielleicht sieben Minuten, denn es war ungemütlich draußen. Das konnte in der Gaststube niemand sehen, der Gang war einfach zu lang. Und ich hatte es vergessen, bis Ulli Henke es in seinem Plädoyer erwähnte. Zu diesem Zeitpunkt war mir schon ganz trieselig, genau wie Ulli gesagt hat.

Woher wusste mein Verteidiger, dass ich draußen war? Weil mir ein Mensch wie ein Schatten aus Berlin gefolgt war.

Danach habe ich bezahlt und bin in mein Zimmer gewankt. Jawohl, ich bin gewankt. Es drehte sich alles in meinem Kopf. Ich habe die Zimmertür aufgeschlossen und mich ausgezogen. Warum war mir so komisch? Weil der Schatten, der mir gefolgt war, K.o.-Tropfen in mein Bier geschüttet hatte. Das war so lächerlich einfach, dass sogar ich es hätte bewerkstelligen können. Schließlich stand das Bier zehn Minuten neben dem Gang zum Klo. Man brauchte einfach nur vorbeizugehen und dann „Gute Nacht Sybille".

Nachdem ich mich ausgezogen hatte, fiel mir noch etwas ein. Ich holte das Küchenmesser aus meiner Tasche, betrachtete es und traf einen Entschluss.

Nein, ich würde Michael niemals erstechen können. Ich habe diesen Mann über alles geliebt. Er hatte zwar mein Leben zerstört, aber ich bin keine Mörderin. Ein toter Michael hätte auch Mutti und mein Baby nicht mehr lebendig gemacht. Ich wollte nur noch wissen warum. Darum habe ich das Küchenmesser auf den Tisch gelegt, ganz weit weg vom Bett. Danach bin ich auf dem Bett zusammengebrochen.

Woher wusste mein Herr Verteidiger, dass ich das Küchenmesser auf den Tisch gelegt hatte? Weil der Schatten, der mich aus Berlin verfolgt hatte, der mir in der Gaststube den Rest gegeben hatte, nun in meinem Zimmer hinter dem Vorhang darauf lauerte, dass ich umkippen würde. Mehr als eine Kreditkarte brauchte man nicht, um das Zimmer zu öffnen. Ich tat ihm also den Gefallen und kippte um.

Mein Schatten nahm das Küchenmesser, zog meine Jacke an und verließ mein Zimmer. Dann begab er sich in das Hotel „Zur Post", wo er Gast im Hause war, klopfte bei Michael und

8. Teil: Die wahre Geschichte

stach zu. 18mal, so wie ich es meinem Freund Ulli an dem unschuldigen Stoffbären vorgemacht hatte. Er drehte den schwer verletzten Michael um, stach noch mal in den Rücken und durchtrennte die Halsschlagader. Die blutigen Details sind hinlänglich bekannt.

Danach machte sich mein Schatten wieder auf den Weg in mein Hotel. Ganz einfach, dort unbemerkt hineinzukommen. Er hatte beim Hinausgehen die hintere Tür in der Gaststube blockiert, so dass er ungehindert und ungesehen rein- und rausschlüpfen konnte. Er ging in mein Zimmer, legte das Messer auf meinen Nachtisch, zog die blutverschmierte Jacke aus, packte sie ordentlich auf den Stuhl und verschwand. Wahrscheinlich hat er mir noch gute Nacht gewünscht.

„Ich bekenne mich schuldig, den gewaltsamen Tod meines Ehemanns Michael geplant und herbeigeführt zu haben."

Ja, ich hatte die Tat geplant. Aber ich habe sie nicht durchgeführt. Dafür habe ich den Mörder auf Michaels Spur gelenkt und mich selbst willig als Opfer angeboten. Ich hatte die Tat herbeigeführt.

Mein Schatten wurde mit Hilfe der Cosmos-Redaktion bereits festgenommen. Es ist der Mann aus der Gaststube, dessen Namen wir noch nicht kannten.

Sein Auftraggeber ist jedoch noch auf freiem Fuß. Diesmal hat er es geschafft, Michael zu töten. Sein erster Versuch liegt zwei Jahre zurück. Aber diese Geschichte lasse ich Michael selbst erzählen.

September 2008

*Liebe Bille,
mein über alles geliebtes Mädchen,*

ich hoffe, dass Du diesen Brief nie bekommst. Denn wenn er Dich jemals erreicht, werde ich nicht mehr leben. Ich hoffe, dass es mir gelingen wird, den letzten Beweis zu finden, um alles wieder in Ordnung zu bringen. Deshalb werde ich mich auf den Weg nach Deutschland machen. Ich werde ganz in Deiner Nähe sein, meine geliebte Sybille, obwohl Du mir nie näher warst als hier. Hier trägt jede Blume Deinen Duft. Ich spüre im warmen Wind Deinen Atem auf meiner Haut und die sanften Wellen singen unser Lied. Unser Kind muss jetzt eineinhalb Jahre sein und ich weiß noch nicht mal, ob es ein Junge oder ein Mädchen ist.

Wenn man auf der Flucht ist, dann helfen vor allem die, die selbst auf der Flucht sind. Ich habe in – nennen wir sie Gregor und Marissa – gute Freunde gefunden. Gregor wird diesen Brief an Dich weiterleiten. Allerdings erst, wenn er innerhalb von drei Wochen nach meiner Abreise nichts von mir hört. Ich weiß, dass ich mich in Lebensgefahr begebe, wenn ich nach Deutschland komme, aber ich muss dieses Risiko eingehen. Man dürfte kurz davor sein, Dir auch noch das Haus wegzunehmen. Es bleibt mir also nichts anderes übrig, als selbst zu handeln.

Ich habe Dir viel zugemutet. Aber Du lebst. Und das ist das einzige, was zählt. Wenn Du diesen Brief je bekommen solltest, dann gehe damit sofort zur Polizei. Ich habe von allen Dokumenten, die ich mit Hilfe von Freunden hier zusammentragen konnte, Kopien gemacht, die ich Dir beilege.

Ich hoffe, dass wir bald da weitermachen können, wo wir aufhören mussten: der 17. August 2007 war für uns beide der schwärzeste Tag unseres Lebens. Ich hatte mich so auf ein Wochenende mit Dir gefreut. Ich hatte an jenem Freitag nur einen Mandantentermin und das außerhalb von Berlin. Telefonisch schickte ich an diesem heißen Tag meine Mitarbeiter ausnahmsweise einmal früher nach Hause. Meine Notariatsgehilfin, Frau Schuchardt, war seit sechs Wochen zur Kur, nur deshalb war all das möglich, was passiert ist. Auf dem Weg nach Berlin fiel mir ein, dass ich etwas vergessen hatte. Deshalb bin ich noch mal in meine Kanzlei gefahren. Ich habe mich in die Buchhaltung gesetzt, um noch schnell eine Überweisung an einen Mandanten herauszuschicken. Das Grundbuchamt Königs-Wusterhausen hatte die Eigentumsübertragung von Herrn Schwetzer bestätigt. Ich hatte meinem Mandanten versprochen, das auf dem Notaranderkonto eingezahlte Geld sofort zu überweisen. Du weißt, wie hilflos man ist, wenn man ohne Mitarbeiter etwas finden soll. Ich habe die Kontoauszüge gesucht, wegen der Nummer. Ich habe zwar die Kontoauszüge nicht gefunden, dafür aber, fein säuberlich abgeheftet, eine Überweisungsdurchschrift von 1,3 Millionen Euro auf ein Konto, das ganz offensichtlich nicht das Konto meines Mandanten war. Noch schlimmer, ich hatte diese Überweisung unterschrieben. Datum: 1. August 2007. Natürlich hatte ich diese Überweisung nicht getätigt. Und wieso habe ich keinen Kontoauszug davon bekommen? Irgendwas stimmte nicht. Und dann kam mir ein Verdacht. Ich habe die ganze Buchhaltung durchwühlt. Was ich nicht gefunden habe, waren die Blankoüberweisungen, von denen ich immer mehrere unterschrieben habe, damit die Notariatsgehilfin kleinere Rechnungen auch bezahlen kann, wenn ich einmal nicht im Büro bin. Dafür aber habe ich Überweisungsdurchschriften gefunden. Seit Wochen waren Überweisungen auf verschiedene Konten gegangen, die ich alle nicht getätigt, aber unterschrieben hatte. Ich bin fast wahnsinnig geworden, es waren über 8 Millionen Euro. Die Notariatsgehilfin konnte es nicht gewesen sein, die war in Bad Nauheim.

Ich war so vor den Kopf geschlagen, dass ich nicht gehört habe, wie die Tür geöffnet wurde. Plötzlich stand Ulli vor mir. Ich schaute direkt in den Lauf einer Pistole.

„Was zum Teufel soll das, Ulli?" habe ich ihn gefragt.

„Tut mir leid, alter Kumpel, so war das nicht gedacht", sagte Ulli und wählte mit der linken Hand eine Nummer. Er sagte nur einen Satz: „Du kannst ihn jetzt abholen".

„Würdest du mir bitte erklären, was sich hier zum Teufel abspielt?"

Ich verstand nichts. Ich solle die Sache mal so sehen, sagte Ulli, jetzt bräuchte ich kein Testament mehr zu machen, da ich einfach nichts mehr zu vererben hätte.

„Es gibt Situationen im Leben mein Lieber, da geht es nur noch darum, zu überleben. Also lieber ich als du. Nimm's nicht persönlich."

Und dann steht da ein Mann. Kurzgeschorene Haare, so ein Skinheadtyp, Lederjacke, Armeestiefel.

„Leg' ihm die Handschellen an, dann weg mit ihm."

Ulli hat mich festgehalten und der Skinheadtyp hat mir Handschellen angelegt. Dann hat er mir den Lauf seiner Pistole in den Rücken gebohrt und mich durch den Hausflur zu einem Auto gejagt. „Steig ein und stell keine Fragen", sagt der Skinhead.

Ich musste mich auf den Beifahrersitz setzen. Es war ein Audi Quatro, Autonummer B-TW 3687. Er hat mir den Pistolenkolben über den Schädel geschlagen, so dass ich zunächst die Besinnung verloren habe. Als ich wieder zu mir kam, habe ich mich nicht bewegt, sondern so getan, als ob ich noch ohne Bewusstsein wäre. Ein Blick aus dem Fenster zeigte mir, dass *wir auf der Autobahn Richtung Hamburg unterwegs waren. Meine Gedanken überschlugen sich. Ich muss hier raus, sagte ich mir, der Typ will dich umbringen. Gut gedacht, bei Tempo 180. An der Ausfahrt Kalin biegt der Typ plötzlich von der Autobahn rechts ab. Er muss an der Vorfahrtstraße halten.*

Ich habe blitzschnell die Tür aufgerissen und mich rausrollen lassen. Der Typ konnte das Auto an der Kreuzung nicht stehen lassen, zu viele Autos bogen da ab. Also ist er um die Ecke gefahren und hat es auf dem Seitenstreifen mit laufendem Motor abgestellt. Ich bin inzwischen auf die Beine gekommen und gelaufen, so schnell ich konnte. Der Typ rannte hinter mir her und schoss. Ich bin Zickzack in den Wald reingelaufen, hatte aber rund 20 Meter Vorsprung. Der Kerl war zwar schnell aber auch dumm. Ich habe die Richtung gewechselt und bin wieder auf das Auto zugelaufen. Hätte er den Schlüssel abgezogen, hätte ich keine Chance gehabt, ihm zu entkommen. So schaffte ich es, mich in den Wagen zu schmeißen. Mit geöffneter Beifahrertür bin ich losgerast. Der Typ hat hinter mir her geballert, aber weder mich noch die Reifen getroffen. Gott sei Dank war es ein Automatikwagen, den ich auch mit Handschellen fahren konnte. Meine Gedanken rasten. Was tun?

Ulli wollte mich offensichtlich um die Ecke bringen lassen. Wahrscheinlich sollte ich irgendwo im Wald verbuddelt werden. Damit es so aussah, als ob ich mit dem Geld meiner Mandanten, das er sich geholt hatte, durchgebrannt sei. Wo war ich da nur hineingeraten? Ich bin wie ein Verrückter über die Autobahn bis nach Wedding gerast. Ich muss verschwinden, dachte ich, so schnell, wie möglich. Aber wohin?

Ein Mandant, der mir einiges schuldete, wohnte ganz in der Nähe. Ich hatte viel für ihn gearbeitet, auch wenn ich wusste, dass die weiße Weste dieses Mandanten ein paar mehr oder weniger dunkle Flecken hatte. Man trifft viele Menschen als Rechtsanwalt.

Auf gut Glück bin ich hingefahren. Der Mandant war zu Hause. Er halft mir, die Handschellen loszuwerden. Diesmal waren die Seiten vertauscht. Jetzt war er derjenige, der mich beriet.

„Ganz klar", sagte er, „du musst verschwinden. Entweder dein Kumpel findet dich oder die Bullen nehmen dich hopps. Beide werden dich hetzen bis zum Sankt Nimmerleinstag. Du hast nur eine Chance. Du musst herausbekommen, wohin die Knete gegangen ist und wofür sie gebraucht wurde. Nur so kannst du nachweisen, dass du sie nicht genommen hast. Ein bisschen schwierig, wenn dein Kumpel dir ans Leder will. Ich würde sagen: verschwinde erst mal irgendwohin, wo du sicher bist."

„Ich kann doch nicht einfach so verschwinden", habe ich gesagt, „was ist mit meiner Frau?"

„Die darf auf keinen Fall etwas wissen, nicht mal den Ansatz eines Verdachtes haben, sonst ist sie auch dran. Wenn dein Kumpel die Knete genommen hat, dann musst du spurlos verschwinden, sonst gerät er in Verdacht. Und wenn deine Frau einen Verdacht hat, dann wird er versuchen, sie zu ermorden."

„Um Gottes willen, wir erwarten ein Baby."

„Na dann beeile dich, damit dein Kind seinen Vater behält. Hau' ab."

Mein Mandant hat mir die achtunddreißigtausend Euro, die er mir noch schuldete, in bar gegeben und sein Auto geliehen. Er hat versprochen, den Audi, in dem ich entführt worden war, irgendwo abzustellen, damit meine Spur nicht zu ihm verfolgt werden kann. Außerdem hat er mir eine Adresse in Norddeutschland gegeben, wo ein Freund von ihm mir weiterhelfen würde.

So verschwand ich aus Eurem Leben, um Euer Leben zu schützen. Solange ich verschwunden war, würdest Du in Si-

cherheit sein. Denn wenn Ulli sich nicht bedroht fühlte, würde er Euch in Ruhe lassen.

In Bremen habe ich einen Pass auf einen anderen Namen bekommen. Ich habe mir die Haare färben lassen und Kontaktlinsen gekauft. Und dann bin ich auf Umwegen hierhergekommen.

Meine zwei Freunde in Deutschland hatten versprochen, mir mit dezenten Recherchen weiterzuhelfen. Sie haben ihr Versprechen gehalten, zumindest so lange es ging. Und das, was sie herausbekommen haben, ist noch schlimmer, als ich befürchtet hatte. Ich will das, was Ulli uns angetan hat, nicht entschuldigen. Aber er hat sich mit Leuten eingelassen, um die man am besten einen ganz großen Bogen macht. Er hat versucht, sich mit dem unterschlagenen Geld von dieser Mafia freizukaufen. Die Spuren führen einmal rund um die Welt, nur das die Welt des Verbrechens sehr viel enger ist, als Du es Dir vorstellen kannst.

Mein Mandant hat kurz nach meinem Verschwinden einen schweren Schlaganfall bekommen. Er lebt jetzt in einem Pflegeheim. Und der Freund in Bremen, der mir weitergeholfen hat, musste ebenfalls das Land verlassen.

Hier funktionieren nicht mal Handys. Also auch kein Internet. Wenn man das Glück hat, einen Cosmos oder eine deutsche Tageszeitung zu bekommen, sind sie uralt. Über meinen Mandanten habe ich erfahren, dass Du Deinen Job verloren hast, Bille. Aber Du wolltest ja sowieso nicht mehr arbeiten, habe ich mein Gewissen getröstet. Du wirst genug zu tun haben mit unserem Kind. Ich weiß, dass Dich die Unwissenheit fast umgebracht haben muss. Aber ich bin mir sicher, dass Du und Mutti nicht eine Sekunde geglaubt habt, dass ich Euch wegen des Geldes verlassen habe.

Meine geliebte Bille, es ist gar nicht so einfach, einen solchen Brief zu schreiben. Denn es ist ja ein Abschiedsbrief. Dies ist, glaube ich, der zwanzigste Entwurf. Vielleicht nicht der letzte. Wenn meine Reise nach Deutschland kein Happy End haben sollte, dann will ich, dass Du weißt, dass ich Dich von ganzem Herzen geliebt habe. Ich will, dass unser Kind weiß, dass sein Vater kein Betrüger ist. Und ich will, dass Mutti und Ihr für den Rest Eures Lebens in unserer Villa leben könnt. Aber bevor ich zu Euch zurückkehren kann, muss ich denjenigen überführen, der uns das alles angetan hat. Wenn ich es nicht schaffen sollte, meine geliebte Frau, dann musst Du weitermachen. Geh' mit diesem Brief zur Polizei, und versuche auf keinen Fall, etwas auf eigene Faust zu unternehmen.

Ich habe unglaubliche Sehnsucht nach Euch, nach Berlin. Ich hätte Dich nie freiwillig verlassen. Du weißt doch, was ich Dir geschworen habe: bis dass der Tod uns scheidet.

Dein Dich über alles liebender
Michael

Dieser Brief ist von einer unbekannten Touristin im April 2009 nach Deutschland transportiert und in Mönchengladbach in den Briefkasten gesteckt worden. Ich habe diesen Brief nie erhalten. Denn meine Post wurde in die Kanzlei nachgeschickt – zu meinem Strafverteidiger. Der Entwurf des Briefes ist von den Cosmos-Reportern am anderen Ende der Welt gefunden worden.

Dies war meine Geschichte. Die wahre Geschichte.
So wahr mir Gott helfe.

Sybille Thalheim

Überregionale Zeitung

Spektakulärer Selbstmord
Staranwalt erschießt sich nach Cosmos-Bericht

Berlin - Der Berliner Strafverteidiger Ulrich Henke ist tot. Der 46jährige wurde von seiner Ehefrau über seinem Schreibtisch zusammengesunken gefunden. Er hielt die Pistole noch in der Hand. Bei der Leiche wurde ein Abschiedsbrief gefunden. Unter der Leiche fand die Polizei die letzte Ausgabe des „Cosmos". Darin beschuldigt seine ehemalige Mandantin Sybille Thalheim den Anwalt, den Auftrag für die Ermordung ihres Ehemanns gegeben und 9,6 Millionen Euro Mandantengelder ihres Mannes unterschlagen zu haben. Sybille Thalheim war vom Schwurgericht Berlin für den Mord an ihrem Ehemann zu lebenslanger Haft verurteilt worden.

Eine Tageszeitung

Kommentar: Der Medienmord

Ein Strafverteidiger erschießt sich, nachdem er ohne Prozess im Magazin Cosmos öffentlich des Mordes angeklagt wird. Hat hier die Gerechtigkeit gesiegt oder haben wir es mit einem Fall von Rufmord zu tun? Wohin steuert unsere Mediengesellschaft, wenn ein Mensch, der eines furchtbaren Verbrechens öffentlich angeklagt wird, keine Chance bekommt, sich zu den gegen ihn erhobenen Anschuldigungen zu äußern? Entschuldigt die Jagd nach Auflagen die öffentliche Hinrichtung eines bis zu diesem Zeitpunkt unbescholtenen und renommierten Bürgers? Der Cosmos wird sich diese Fragen gefallen lassen müssen. Der Tod von Ulli Henke wird bundesweit die Diskussion um Ethik und Moral in unserer Kommunikationsgesellschaft neu beleben.

Cosmos Ausgabe 9/2010

**Titel:
Tod eines Strafverteidigers
Vorwort**

„Das war meine Geschichte. Die wahre Geschichte. So wahr mir Gott helfe. Sybille Thalheim". Es war die Entscheidung der Redaktion, die Geschichte der Sybille Thalheim so zu drucken, wie die Autorin sie geschrieben hat. Wir haben sie nicht redigiert, wir haben sie nicht geändert, wir haben sie nicht kommentiert. Auch wenn die Geschichte anders geendet hat, als wir zunächst geglaubt haben. Unsere aufrichtige Bewunderung gehört dieser Frau. Als sie den Briefentwurf ihres Mannes in den Händen hielt, ist sie nicht zusammengebrochen. Sie hat ihn kommentarlos übernommen und damit auch ihre Schuld öffentlich gemacht. Wir alle haben in den letzten sieben Wochen mit Sybille Thalheim mitgelitten.

Am Tag, als die letzte Ausgabe von Cosmos erschien, hat Ullrich Henke sich erschossen. Ist Cosmos, sind wir moralisch mit schuldig am Tod des Strafverteidigers? Warum ist Ullrich Henke nicht vorher festgenommen worden? Warum wurde Ullrich Henke nicht die Gelegenheit gegeben, sich zu den Vorwürfen zu äußern? Einige Medien haben uns Rufmord vorgeworfen.

Sybille Thalheim hat die Cosmos-Reporter um die halbe Welt geschickt. Unser Team hat Unterlagen und Aussagen, die einwandfrei beweisen, dass Ullrich Henke der Auftraggeber des Mordes an Michael Thalheim war. Alle vom Cosmos-Team gefundenen Beweise sind selbstverständlich umgehend der Polizei übergeben worden.

Die Aussagen von Sybille Thalheim (einer verurteilten Mörderin), der Briefentwurf, Tagebücher und Unterlagen ihres Mannes (eines flüchtigen Wirtschaftsverbrechers) reichten dem Staatsanwalt nicht, so schnell eine Mordanklage zu formulieren.

Ullrich Henke hat sich geweigert, dem Cosmos ein Interview zu geben. Dafür hat er einen Abschiedsbrief hinterlassen, in dem er sich schuldig bekennt.

Die Cosmos-Redaktion war sich einig: Sybille Thalheim hatte das Recht, öffentlich ihre Unschuld zu beweisen. Denn nur darum ging es in ihrer Geschichte. Die Ethikdiskussionen der letzten Wochen haben wieder einmal gezeigt, dass wir in einer Gesellschaft leben, die den Schutz der Täter höher bewertet als den Schutz der Opfer. Sybille Thalheim und ihre Familie waren die Opfer einer Intrige, die ihresgleichen sucht. Drei Menschen haben dafür ihr Leben gelassen, Sybille Thalheim sitzt dafür im Gefängnis.

Die Beweise der kriminellen Transaktionen, die wirtschaftlichen Hintergründe, die Motive von Ullrich Henke waren ebenso wenig Teil von Sybille Thalheims Geschichte, wie die weltweite Suche danach, auf die sich Cosmos begeben hatte.

Wir werden diese Geschichte, unsere Geschichte, erzählen.

Der Chefredakteur

Tod eines Strafverteidigers

Die Gegend ist gutbürgerlich. Um die Ecke findet man Botschaftsresidenzen aus aller Welt. Das Haus steht versteckt hinter einer Tuja-Hecke. Weißgekalkter Klinker, nichts Besonderes, aber hier, in Berlin-Dahlem, fast unerschwinglich. Das Arbeitszimmer von Ullrich Henke bietet einen beschaulichen Blick auf den kleinen Garten. Knorrige Kiefern werfen Schatten auf seinen aufgeräumten Designerschreibtisch. Die schwarze Artemide-Lampe ist an diesem dunklen Februarmorgen eingeschaltet.

Es ist erstaunlich, wie wenig Blut austritt, wenn man richtig trifft. Ist er betrunken oder nur eingeschlafen, fragt sich seine Frau, als sie sein Arbeitszimmer betritt. Ullrich Henke liegt zusammengesunken über der großen Glasplatte seines Schreibtisches. Die eintreffenden Rettungskräfte können nur seinen Tod feststellen. Sein Kopf ruht auf der brandaktuellen Ausgabe des „Cosmos". Als der Leichenbeschauer Ullrich Henke abtransportieren lässt, findet er die Titelgeschichte „Sybille Thalheim, meine Geschichte" aufgeschlagen. Daneben ein Abschiedsbrief an Ullrich Henkes Ehefrau.

„Du warst die Frau meines Lebens, das wusste ich vom ersten Tag an. Bis heute hat sich daran nichts geändert. Ich liebe Dich, habe Dich immer geliebt. Dein Respekt ist mir wichtig. Solange ich in Deiner Nähe bin, bin ich glücklich. Und ich habe alles dafür getan, um in deiner Nähe zu bleiben. Jetzt habe ich Dich verloren. Es war meine Schuld. Du wirst das alles überstehen, denn du bist stark.

Leb' wohl! Ulli"

Ullrich Henke hat sich selbst gerichtet. Er hatte gespielt und verloren. Die Hintergründe seiner Taten werden vielleicht nie ganz aufgeklärt werden. Denn Ullrich Henke ist zum Mörder geworden, um sich selbst zu schützen.

Auf Michael Thalheims Spuren –
Im Schatten des Gummibaums

Die Vegetation erinnert an ein deutsches Wohnzimmer. Wir sitzen auf einer Holzterrasse im Schatten eines alten Ficus Benjamini und trinken Rumpunsch. Der Blick fällt durch die fleischigen Blätter eines drei Meter hohen Gummibaums, der sich gefährlich in das grünblaue Wasser neigt, das an den schneeweißen Sand in der kleinen Bucht plätschert. Rund um das rosafarbene Holzhaus blüht der Hibiskus. Die Luft ist überladen mit dem Duft zahlloser Blüten und überreifer Früchte. 87 % Luftfeuchtigkeit machen träge.

Wir sind angekommen. Hier hat Michael Thalheim seine letzten zwei Jahre verbracht. Als Aufseher einer Bananenplantage, die das kleine Anwesen umschließt und vor den Augen allzu neugieriger Touristen schützt.

Sybille Thalheim hat uns hergeführt.

Die Spur führt nach Caracas

September 2009: Sybille Thalheim hatte eine Bedingung gestellt, wenn der „Comos" ihre Geschichte drucken wollte: „Ihr müsst für mich recherchieren."

Ihre erste Aufgabe lautete: „Findet heraus, welche Stempel in den Pässen waren, die Michael bei sich getragen hat."

Die Polizei gab freiwillig Auskunft. Im Pass von Marcus Thanner, der bei Michael Thalheim gefunden wurde, waren ein Ein- und ein Ausreisestempel von Venezuela, ausgestellt in Caracas, mit den passenden Daten.

Der Besucherraum der Justizvollzugsanstalt Lichtenberg: Weiße Tische, ein Zigarettenautomat, die allgegenwärtige Bewachung. Bald kannten uns auch die anderen Frauen, die hier Besuch empfingen. Die meisten bekommen nicht häufig Besuch.

„Gefängnis macht einsam, deine Welt hinter Gittern hat nichts mehr mit der Welt draußen zu tun", sagte Sybille Thalheim. Wir wurden Stammgäste in Lichtenberg.

„Caracas", sagten wir.

Sybille Thalheim hat genickt.

„Ja, das passt. Er wird nach Ciudad Bolivar geflogen sein. Findet heraus, wann und mit welcher Fluggesellschaft ein Marcus Thanner dorthin geflogen ist."

Venezuela ist nicht Deutschland. Hier trifft vergangene amerikanische Pracht mit südamerikanischer Organisation und karibischer Lässigkeit aufeinander. Von der Politik, die Venezuela abkapselt vom Rest der Welt, wird an anderer Stelle berichtet werden. Das Cosmos-Team hat es trotzdem geschafft, die Flugnummer herauszubekommen. Sybille Thalheim hatte richtig vermutet: Michael Thalheim war nach Ciudad Bolivar geflogen. Aber in Ciudad Bolivar verloren wir seine Spur.

Das Unwetter als Komplize

„Natürlich, genau deshalb ist er dorthin geflogen", sagte Sybille. „Bleibt auf dem Flughafen und fragt alle Reiseleiter, Flugkapitäne und Co-Piloten der Touristenflieger, ob sie sich an Michael erinnern können. Zeigt Michaels Foto herum. Ich muss herausbekommen, wo er war."

Ciudad Bolivar – ein Flughafen wie eine Lagerhalle. Kaum ein Flugzeug landet hier pünktlich. Denn es ist der Flughafen zwischen der Karibik und Südamerika. Hier werden die kleinen Maschinen aufgetankt. Wenn schwere Wetter über der Küste aufziehen, dann starten die Maschinen früher oder später. Die kleinen Flieger, die die Tagestouristen von ihren Ausflügen auf dem Festland zurück auf ihre Inseln bringen sollen, warten solange, bis sich der Himmel beruhigt hat. Sybille hat uns das System erklärt:

„Michael und ich haben uns immer gewundert, warum uns keiner auf die fehlenden Stempel in unseren Pässen angesprochen hat, wenn wir in der Karibik unterwegs waren. Entweder hatten wir einen Ein- oder einen Ausreisestempel irgendeines Inselstaates aber selten beides. Denn die Touristenflieger kommen oft mit solcher Verspätung, dass die Einreisebehörden bereits geschlossen haben. So kommt man unbemerkt in ein Land, bzw. kann so seine Spur verwischen. Mehr als 100 Dollar und eine gute Geschichte braucht man kaum, um einen Reiseleiter oder einen Flugkapitän zu überreden, schnell mal nach Mitternacht mitfliegen zu dürfen."

Wusste Sybille bereits, wo Ihr Mann gewesen ist? „Nein," sagte sie, „aber als ich Caracas hörte, wusste ich, dass er über Ciudad Bolivar versuchen würde, seine Spur zu verwischen. Ich habe mich erinnert, dass wir einmal darüber gesprochen hatten, dass man dort auf Nimmerwiedersehen verschwinden könnte."

Es gab zwei mir bekannte Möglichkeiten, aus Venezuela spurlos aus- und in ein anderes Land einzureisen: Entweder Karibik oder Kolumbien. Wenn er nach Kolumbien gewollte hätte, dann wäre er nach Puerto Ayachucho geflogen und hätte von dort aus versucht, mit einem Abenteuer-Touristenboot Marke Jungle Queen über den Orinoco nach Kolumbien einzureisen. In der Grenzstadt erhalten Tagestouristen keine Stempel in ihre Pässe, damit sie später nicht auf jedem Flughafen dieser Welt des Rauschgifthandels verdächtigt werden."

Sybilles Geschichte kam uns zunächst ein bisschen wirr vor. Und so ganz glaubten wir nicht, dass man einfach so in ein Land aus- oder einreisen kann. Aber wir fanden tatsächlich einen Reiseleiter, der sich für 100 Dollar erinnerte. Michael Thalheim war nicht nach Puerto Ayacucho sondern nach Margarita geflogen.

Im heimischen Lichtenberg schüttelte Sybille Thalheim den Kopf.

„Nein, das wäre viel zu gefährlich, da sind viel zu viele deutsche Touristen. Ihr müsst das Gleiche wie in Ciudad Bolivar am Flughafen in Margerita versuchen. Michael hat nur einen Umweg gemacht, um seine Spuren noch mehr zu verwischen. Ich bin sicher, dass er in ein anderes Land geflohen ist."

Das Comos-Team richtete sich auf dem Flughafen von Porlamar häuslich ein. Nach drei Tagen hatten wir einen Hinweis.

„Und plötzlich wusste ich, wo er gewesen ist."

Diesmal war Sybille Thalheim entsetzt. Minutenlang starrte sie uns entgeistert an. „Das kann doch nicht möglich sein", flüsterte sie. „Oh mein Gott". Auf einen Zettel kritzelte sie eine Lageskizze. Wir mussten ihr versprechen, weder den Namen der Insel noch den Namen derjenigen, die wir dort aufsuchen sollten, jemals zu veröffentlichen.

Wir fühlen uns an dieses Versprechen gebunden.

„Ich wusste plötzlich wo Michael die ganze Zeit gewesen ist. Ich hatte diesen Ort so oft vor mir gesehen in den letzten zwei Jahren. Es war der Ort, wo wir unser Kind gezeugt hatten, wo wir unglaublich glücklich zusammen gewesen sind. Niemals wäre ich auf den Gedanken gekommen, dass Michael dorthin geflohen sein könnte."

Wir schauten mitten in den Lauf eines Gewehrs

Sybille hatte uns eine gute Beschreibung von einem Strandlokal gegeben, in dem die Tagestouristen zu Mittag essen und wo abends für die wenigen Fremden, die auf der Insel bleiben, zum Tanz aufgespielt wird.

„Wandert von dem Strandlokal links zur Meerseite einfach den Strand geradeaus, circa eine halbe Stunde lang. Dort findet ihr eine kleine Bucht, direkt vor einem einsamen, rosafarbenen Holzhaus. Das Haus gehört dem Besitzer der Strandbar. Sagt, ihr kommt von Sybille Thalheim."

Unser Team in der Karibik machte sich auf den Weg. Sybilles Beschreibung war gut, wir haben die Strandbar sofort gefunden.

Ein paar Holztische und Bänke, die obligatorischen Gummibäume, Lichterketten und Meerblick. In den Bäumen lärmen bunte Vögel, fast alle Bänke sind besetzt mit Engländern, Franzosen, Schweizern.

Deutsche Touristen scheinen hier selten zu sein. In einem kleinen Holzhäuschen sind eine Küche und eine Bar eingerichtet.

Nein, der Chef sei nicht da, sagt die Bedienung. Also haben wir erst einmal die Küche ausprobiert. „Red Snapper oder Hühnchen?"

„Dann lieber Red Snapper."

Nach einem erstaunlich guten Mittagessen machen wir uns auf den Weg, wie Sybille Thalheim ihn beschrieben hat.

Kleine Schildkröten und große Insekten tummeln sich im Sand, Fischreiher, Ibisse und Pelikane beäugen uns kritisch.

Wir waten teilweise durch seichtes Wasser, nicht immer führt der Weg über Sandstrand.

Als wir schon dachten, hier würde nie mehr etwas kommen, sehen wir etwas Rosafarbenes durch die Bäume blitzen. Das Haus, von dem Sybille gesprochen hatte.

Plötzlich steht ein groß gewachsener Schwarzer vor uns und wir schauen mitten hinein in den Lauf eines Gewehrs. Wir sagen, wir kämen von Sybille Thalheim. Er hat uns nicht verstanden.

„Zurück, zurück", sagt er auf Englisch. So geht es also nicht. Also zurück zur Strandbar, in der sengenden Hitze. Die Sonne steht fast senkrecht über uns und frisst sich erbarmungslos in unsere Schultern.

Der Besitzer käme gegen Abend, versucht uns die karibische Schönheit, die in der Strandbar bedient, in gebrochenem Englisch beizubringen. Also Punsch trinken, Schönheit bewundern und warten.

Die Strandbar ist jetzt fast leer, die Tagestouristen sind längst wieder auf ihren Kreuzfahrtschiffen oder mit undichten Taucherbrillen beim Fische beobachten auf einem schrottreifen Kahn mit irgendeinem selbst ernannten Touristenführer.

Um kurz vor sieben betritt ein Europäer mittleren Alters die Bar. Die Schönheit tuschelt. Aha, der Besitzer. Er kommt an unseren Tisch.

„Sie wollten mich sprechen?". Ein Deutscher.

Wir sagen, wir kämen vom Cosmo und von Sybille Thalheim. Er setzt sich, schaut uns an und fragt: „Was ist mit Michael?"

„Michael ist tot".

„Ja", sagt er, das habe er erwartet. „Sie müssen warten. Bitte."

Wir warten, trinken noch mehr Punsch und beobachten das Leben in der Strandbar, die wieder gut gefüllt ist. Jetzt sind es die Inselgäste, die hier gegrillten Fisch essen und Rumpunsch trinken. Eine Band hat sich in der Ecke aufgebaut und versucht mit ihren karibischen Rhythmen und blechern klingenden Instrumenten gegen das Rauschen des Meeres und das Klappern der Teller anzukommen."Come On Baby Ride My Pony."

Den hauptsächlich britischen Inseltouristen gefällt es, sie tanzen barfuß auf den Holzbohlen, viel bekommen sie auf dieser Insel auch sonst nicht geboten. Zuhause werden sie erzählen, dass sie nächtelang Salsa getanzt haben. Fünf Stunden später sind die letzten Gäste gegangen.

„Eine Bedingung", sagt unser Freund, „keine Namen, keine Fotos, keine Ortsangabe. Nennt mich einfach Gregor."

Wir haben akzeptiert. Gregor nimmt uns die Fotoausrüstung ab. Mit seinem Jeep fahren wir einmal quer über die Insel. An einer Bananenplantage ist die Fahrt zu Ende. Er biegt in einen kleinen Weg ein. Der Schwarze mit dem Gewehr ist immer noch da. Er sitzt Kaugummi kauend auf einer Bananenkiste und winkt uns freundlich zu. Hinter ihm sehen wir das Haus, das wir am Mittag versucht hatten, zu Fuß zu erreichen.

Eine weitere karibische Schönheit erwartet uns. „Meine Frau, nennt sie Marissa."

Gregor und Marissa. Ein seltsames Paar mit einem rosafarbenen Haus am Ende der Welt. Ein kleines Paradies vielleicht, eine große Flucht auf jeden Fall. Gregor erklärt Marissa wer wir sind.

"Michael ist tot", sagt er.

Marissa weint. Arm in Arm sitzen Marissa und unser Freund auf der Holzterrasse. Wir setzen uns zu ihnen.

„Erzählt die Geschichte", sagen sie. Eigentlich wollten wir eine Geschichte hören. Aber hier in der Karibik kommen die Nachrichten aus Deutschland nur spärlich an. Wir erzählen, die Geschichte so, wie wir sie bisher geglaubt hatten. Gregor schüttelt den Kopf.

„Hat sie denn den Brief nicht bekommen", fragt er.

„Welchen Brief?"

Michael hat uns gebeten, einen Brief nach Deutschland zu schicken, wenn wir drei Wochen von ihm nichts hören. Wir haben ihn von einer Touristin nach Deutschland bringen lassen. Dort ist er eingesteckt worden.

„Zu welcher Adresse ging der Brief", fragen wir.

„Na zu ihrem Zuhause."

Wir verstehen natürlich nichts. Sie hat uns nichts erzählt von einem Brief.

„Morgen", sagt Gregor. „Lassen Sie uns morgen reden. Es ist spät geworden."

„Sie können sein Zimmer haben. Bitte", sagt Marissa.

12 qm, direkt am Strand. Unter einem sich träge drehenden Ventilator ein Doppelbett mit einem bunten Kattunüberwurf. Ein wackeliger Schrank, in dem noch Michaels Sachen hängen. Zwei Paar abgeschnittene Jeans, vier T-Shirts, Turnschuhe. Mehr braucht man hier nicht. An der Schranktür hängt ein verblichenes Foto von Sybille Thalheim. Der Eisschrank macht ein Geräusch wie ein altes Auto. Aber er kühlt. Es steht noch eine ungeöffnete Flasche Cola darin. Vom Bett aus hat man einen Blick auf das Meer bis zum Horizont.

Rumpunsch unterm Ficus Benjamini. Zum Frühstück. Marissa und Gregor haben einen Stapel Papiere mit auf die Terrasse gebracht. Marissa hat rotgeweinte Augen.

„Wir haben wenig geschlafen", sagt Gregor. Er zündet sich eine Gitan an.

Michaels Abschiedsbrief

„Sybille und Michael. Sie haben sich geliebt. Sie kamen in einem Urlaub, den sie hier verbracht hatten, öfter in die Strandbar. Wir haben uns auf Anhieb verstanden.

Einmal haben wir die beiden zu uns nach Hause eingeladen. Da es spät geworden war, haben wir sie in unserem Gästezimmer schlafen lassen. Normalerweise holen wir nur alte Bekannte in unser Haus. Man weiß sonst ja nie, wen man vor sich hat. Aber die beiden waren uns sympathisch. Und so haben wir ihnen angeboten, dass sie jederzeit wieder bei uns wohnen können, wenn sie wieder mal in der Gegend sind.

Nur ein paar Monate später stand Michael plötzlich in der Strandbar am Tresen. Das ging aber schnell, sagte ich. Kann ich bei euch wohnen, fragte er. Natürlich konnte er. Dass Michael auf der Flucht war, war nicht zu übersehen. Wenn man selbst auf der Flucht ist, dann hat man einen Blick dafür. Er hat uns von Anfang an reinen Wein eingeschenkt. Und wir haben ihm geholfen, so gut wir konnten." Gregor hustet.

„Wir haben etwas für Sie. Gestern hat Gregor Ihnen von dem Brief erzählt. Er hat mindestens zwanzig Entwürfe davon gemacht. Hier." Marissa gibt uns ein paar Papiere, die wir ungläubig studierten. Verschiedene Entwürfe für einen Abschiedsbrief von Michael an seine Frau.

Atemlos lesen wir einen der Entwürfe. „Oh mein Gott," entfährt es uns. „Und dieser Mann hat sie verteidigt."

„Als er uns die Geschichte seiner Flucht erzählt hat, habe ich gleich gesagt, dass Sybille unbedingt informiert werden muss. Es war doch klar, dass sie sich zu Tode ängstigt", sagt Marissa.

„Das hätte ihren sicheren Tod bedeutet. Michael hatte an dem bewussten Freitag sehr schnell zwei Dinge verstanden: erstens, dass Ulli Henke ihn ruiniert hatte und zweitens, dass Henke ihn unbedingt an diesem Wochenende aus dem Weg würde räumen müssen, wenn er damit durchkommen wollte. Seine Notariatsgehilfin wäre am Montag wieder da gewesen und es war nur eine Frage der Zeit, wann die Unterschlagung entdeckt werden würde. Aber dieses Wochenende hätte er mit seiner Frau verbracht. Ullrich Henke hatte also einkalkuliert, dass, wenn Michael nicht vorher erledigt werden würde, beide würden verschwinden müssen."

„Aber man hätte ihr doch irgendwie eine Nachricht zukommen lassen können", wirft Marissa wieder ein.

„Liebling, das diskutieren wir jetzt seit zwei Jahren. Du weißt, dass sie überwacht wurde."

„Ich hätte dich auch umgebracht, wenn du einfach abgehauen wärst, ohne eine Zeile zu hinterlassen", sagte Marissa trotzig. Und wieder liefen ihr die Tränen runter.

Gregor ist inzwischen bei seiner zehnten Zigarette. „Wissen Sie, das Beste an dieser Insel ist der Mangel an Verbindung mit der großen weiten Welt der Kommunikation. Das macht unser Versteck zwar ziemlich sicher, aber für Michael wurde es zum Verhängnis. Wir haben ihm erst mal einen Job auf unserer Bananenplantage gegeben. Da hatte er es nur mit unseren Arbeitern zu tun, da war er sicher. Und dann haben wir gemeinsam versucht, Informationen aus Deutschland zu bekommen. Doch Michael hatte ziemliches Pech. Der Mann, der ihm in Berlin geholfen hat, bekam kurz nach seiner Flucht einen Schlaganfall. Er ist jetzt in einem Pflegeheim. Und der Mensch, der ihm in Bremen einen neuen Pass beschafft hat, musste leider ganz schnell das Land verlassen. Ich selbst habe überhaupt keine Kontakte nach Berlin. Und wir wussten auch nicht, wem wir trauen konnten.

Denn eins war ziemlich schnell klar, mir eher als Michael. Die sonderbare Wandlung des Ulli Henke vom loyalen Freund zum Gegner, vom ehrlichen Anwalt zum Betrüger musste andere Ursachen haben als reine Geldgier. Wir tippten auf Mafia. Als Rechtsanwalt, zumal als Strafverteidiger, lernt man eine Menge Menschen kennen. Wir haben nächtelang nach möglichen Motiven gesucht. Wenn Ullrich Henke, wie wir über Michaels Kontakt wussten, nicht mit dem Geld abgehauen ist, so wird er sich damit freigekauft haben. Freigekauft also wovon?

Wir haben also Nacht für Nacht hier auf der Terrasse gesessen und Theorien aufgestellt. Und irgendwann haben wir gemerkt, dass wir nicht weiterkamen. Ulli muss irgendwie erpresst worden sein. Worauf hatte er sich also eingelassen?

Wir hatten natürlich schlicht das Problem, dass wir bei dem vermuteten Mafiahintergrund sehr vorsichtig sein mussten, überhaupt Kontakte in Deutschland zu nutzen. Da weiß man nie, wem man trauen kann und wem nicht. Irgendwo muss es doch eine verdammte Spur geben. Wir kamen endlich zu dem Schluss, dass wir uns Unterlagen beschaffen mussten, an die man auf legalem Weg nicht herankam. Ich möchte, dass wir jetzt gemeinsam einen Besuch machen. Sie sollten jemanden kennen lernen. Aber bitte bedenken Sie: Auch hier gilt, keinen Namen, keine Ortsangabe, keine Fotos."

Natürlich sind wir einverstanden.

„Es kann aber dauern", sagte Gregor. „Und bitte erwarten Sie nicht zu viel. Er ist sehr krank."

Gregor verfrachtet uns in seinen Jeep. Die Fahrt geht einmal quer über die Insel. Das Ziel ist ein kleiner Yachthafen. Der Besitzer der ziemlich heruntergekommenen Bootstankstelle scheint ein Freund von ihm zu sein. Sie palavern und dann winkt uns Gregor, mitzukommen. Wir steigen in eine ebenso heruntergekommene Yacht, der man nur ungern bei einem Sturm sein Leben anvertrauen würde. Sein Freund stellt noch ein Sixpack Bier in das Boot und wirft Gregor das Tau zu.

Mit ohrenbetäubendem Lärm setzt Gregor den Motor in Gang. Und dann geht es mitten hinein in das grünblaue Wasser, immer dem Horizont entgegen. Die Fahrt dauerte ziemlich lange, und sensiblere Mägen hätten sie kaum schadlos überstanden. Der Motor spuckt und ruckt, tut aber seinen Dienst. Ein paar Stunden sehen wir außer weißen Kreuzschiffen und ein paar Tankern nichts am Horizont. Als die Sonne sich bereits zu einem gelben Wasserball formt, erscheint endlich die Silhouette einer kleinen Insel im Abendlicht. Gregor macht das an Bord befindliche Schlauchboot flott. Geschickt wirft er den Anker aus und dann kletterten wir in das orangefarbene Gummiboot, das keinen Deut vertrauenerweckender aussieht als die Yacht.

Gregor wirft uns die Paddel zu und steuert einen kleinen, verlassen aussehenden Sandstrand an. Ein Schild warnt uns, dass die Insel Privatbesitz und bewacht sei. Ein zweites Schild warnte vor dem bissigen Hund. Kaum hatten wir es gelesen, stürzt ein zähnefletschendes Ungeheuer auf uns zu. Wir wollen schon wieder ins Boot flüchten, als das zähnefletschende Ungeheuer Gregor anspringt und ihm das Gesicht leckt. Man kennt sich offensichtlich. „Das ist Pipo", lacht Gregor. Hinter einem Baum tritt ein Mann mit einem Gewehr hervor. „Hallo, Gregor!" begrüßt er unseren Führer. „Hallo Friday, wie geht es Peter?" fragt Gregor, nachdem er uns vorgestellt hat.

„Sehr schlecht, gut dass du noch einmal vorbeikommst. Es geht wohl zu Ende mit ihm."

Gregor winkt uns, zu folgen. Wir waten im tiefen Sand durch einen kleinen Wald, hinter dem ein blaues, ziemlich verwittertes Holzhaus steht.

„Ich möchte euch Peter vorstellen. Früher war er Geheimagent im Dienste einer Großmacht und auf wundervoll saubere Einbrüche spezialisiert. Jetzt ist er nur noch ein netter Rentner, der seinen wohlverdienten Ruhestand unter der Sonne genießt. Zumindest so lange, bis der Krebs ihn ganz aufgefressen hat. Peter ist ein alter Freund von mir, und wirkliche Freunde sind hier unten etwas Selteneres."

Wir betreten die schummrige Kühle des Holzhauses. An der Decke dreht sich träge ein Ventilator, dessen Geräusch sich mit dem Knarren der abgeschabten Dielen vermischt.

„Wartet hier", sagt Gregor, „ich will erst allein mit Peter reden."

Friday serviert Rumpunsch. Nach einer guten halben Stunde ist Gregor wieder da und winkt uns zu folgen.

„Bitte macht es kurz, Peter ist ziemlich schwach."

Unsere Augen haben sich inzwischen an die Dunkelheit im Haus gewöhnt. Wir folgen Gregor in ein Zimmer, das fast ganz von einem Eisenbett eingenommen war. Darüber hängt ein Mückenschutzvorhang, der jedoch zur Seite geschoben ist. In dem Zimmer riecht es modrig. Pipo war uns gefolgt und setzt sich jetzt abwartend neben das Bett seines Herrn. Der alte Mann liegt an einen Stapel Kissen gelehnt und der Tod spricht zu uns aus seinen Augen. Sie sind fast farblos, diese Augen.

„Setzen Sie sich", bellt der alte Herr uns auf Englisch an. Wir setzen uns brav auf zwei wacklige Bambusstühle und warten. Gregor nimmt auf der anderen Seite des Bettes Platz und reicht seinem Freund ein Glas Tee. Oder ist es Rum?

„Gregor hat mir berichtet, wer Sie sind", sagt er mit zittriger Stimme. „Nun, wie Sie sehen, ich hab' nichts mehr zu verlieren. Michael war ein Freund. Leider naiv. Hatte keine Ahnung, wie die Welt läuft. Vertrauensselig. Du bist ein vertrauensseliger Idiot, habe ich gesagt. Aber ich bin ein sentimentaler alter Mann geworden. Hilfssyndrom oder so. Also bin ich nach Berlin geflogen, auf meine alten Tage. Und habe diesen Partner von ihm, Ullrich Henke, unter die Lupe genommen."

Peter bekommt einen fürchterlichen Hustenanfall. Gregor kommt seinem Freund zu Hilfe.

„Es hat Peter auf seine alten Tage gereizt, noch mal zu zeigen, was er kann. Also hat er fachmännisch Haus und Büro des Herrn Henke auseinandergenommen. Inklusive Safes. So was ist für Peter ein Kinderspiel. Jedes Stück Papier, das ihm in die Hände kam, hat er auf Microfilm aufgenommen. Das Ergebnis sehen Sie vor sich." Gregor übergibt uns einen Stapel Papiere.

„Wir haben dann gemeinsam wochenlang diese Papiere gesichtet", flüstert Peter. „Michael war wirklich viel zu naiv. Konnte nicht zwei und zwei zusammenzählen. Er war ein netter kleiner deutscher Anwalt ohne Fantasie. Betrug und Mord, das konnte er sich vorstellen. Aber international tätige Banden, Mafia oder wie immer sie das nennen wollen, gingen über seinen Horizont. Dabei war die Geschichte ganz einfach." Der alte Mann hustet sich wieder die halbe Lunge aus dem Leib.

„Um es kurz zu machen", fährt er mühsam fort, „den Beweis finden Sie in den Papieren.

Der saubere Ullrich Henke hat Geld gewaschen. Und zwar im ganz großen Stil.

Er hielt offiziell 25 Prozent einer Immobilienfirma. Weitere 25

Prozent hielt der Schwiegersohn seiner Anwaltsgehilfin, der die Gesellschaft als Geschäftsführer führte. Die restlichen 50 Prozent der Anteile wurden von zwei GmbHs gehalten, deren Geschäftsführer wiederum Ullrich Henke war. Das Kapital dieser GmbHs verwaltete er allerdings nur als Treuhänder, die stillen Teilhaber kamen aus international bekannten Mafiakreisen. Henke hatte bei der Verteidigung eines kleinen, regionalen Mafiafürsten Dinge erfahren, die ihn normalerweise das Leben gekostet hätten. Die ehrenwerten Herren haben ihm das Leben geschenkt und ihr Geld von ihm investieren lassen. Ganz einfach, ganz sauber und im Übrigen legal. Die notariellen Beglaubigungen der stillen Teilhaberschaft lagen fein säuberlich gestapelt in seinem Safe. Und das Geständnis des kleinen Mafiabosses, den er zu seinem Pech einmal verteidigt hat. Außerdem haben wir mehrere falsche Pässe gefunden, mit denen sich der feine Herr Rechtsanwalt ausgestattet hatte. Ich vermute, mit diesen Pässen hat er überall Konten eröffnet. Das Geld von Michaels Mandanten war auf diese Konten transferiert und dann in bar abgehoben worden. Ganz einfach, wenn man einen Idioten im Büro hat, der Blanko-Überweisungen unterschreibt."

„Aber wozu brauchte er denn dann so viel Geld, er wird von der Mafia doch sicherlich gut bezahlt worden sein", fragen wir den zunehmend erschöpft aussehenden kranken Mann.

„Sehr intelligente Frage. Die hat Michael auch gestellt. Die Mafia zahlt gut. Wenn Henke also dringend Geld brauchte, dann gab es dafür nur einen möglichen Grund: Das Geld, das er für seine Mafiafreunde investiert hatte, war ihm irgendwie abhandengekommen. Also musste er es ersetzen, wenn ihm sein Leben lieb war. Dafür hat er sogar seinen besten Freund ruiniert und hätte ihn beseitigt, wenn nicht dieser Idiot von Killer ihn hätte entwischen lassen. Von diesem Killer hatte er übrigens, wahrscheinlich zu seiner Sicherheit, ebenfalls ein Foto mit Namen in seinem Safe. Michael hat das Foto identifiziert. Sie finden alles in den Papieren, lassen sie mich jetzt schlafen."

Wir bleiben über Nacht in dem Haus des alten Mannes. Bei Sonnenaufgang besteigen wir wieder unser Schlauchboot. Gregor sagt während der Überfahrt zu seiner Insel kein einziges Wort. Er hatte sich für immer von seinem alten Freund verabschiedet, auch wenn er ihm versprochen hat, bald wieder vorbeizukommen.

Während der Überfahrt lesen wir die Papiere, die Michael als Kopie bei Peter gelassen hatte.

Ullrich Henke war mit 25 % beteiligt an der Schwetzer Bauconsult Berlin-Brandenburg GmbH gewesen, für die Peter-Hans Schwetzer als Geschäftsführer verantwortlich zeichnet. Neben Schwetzer und Henke waren zwei weitere GmbHs Gesellschafter: Die Bauallfinanz GmbH und die Ostinvest GmbH waren als juristische Person Anteilseigner, Geschäftsführer der beiden GmbHs war wiederum Ullrich Henke.

Die Schwetzer Bauconsult Berlin-Brandenburg GmbH betätigte sich als Grundstücksentwicklungs Gesellschaft oder, wie es auf neudeutsch heißt, als Developer. Das heißt, sie kaufte Grundstücke, machte Entwicklungskonzepte und sammelte über Werbung und Anlageberater Gelder von Anlegern. Um Kredite für den Ankauf von Grundstücken von den Banken zu bekommen, werden Sicherheiten verlangt. Die wurden in Form von Grundstücken gegeben, die im Besitz der verschiedenen GmbHs waren.

Als Gregors Insel in Sicht kommt, dämmert uns bereits, was geschehen sein könnte. Ullrich Henke hatte sich verspekuliert. Das heißt, er wird ein Grundstück beliehen haben, das plötzlich nicht mehr ganz so viel wert war, wie er, seine Auftraggeber und vor allem die Banken gemeint haben. Und wenn es ein großer Deal war, dann musste er handeln.

Auf Gregors Terrasse sprechen wir unseren Verdacht aus.

„Richtig geraten", sagt Gregor. „Genau das war der Schluss, zu dem wir auch gekommen sind. Wir haben nächtelang darüber diskutiert, aber die Urkunden, die wir in der Hand hatten, gaben darüber keine Auskunft. Wir konnten also nur spekulieren. Ich habe zu ihm gesagt, es sei müßig, nach den Hintermännern zu suchen. Und lebensgefährlich. Denn die Mafia ist überall. Was wir herausbekommen müssen, ist das

Motiv von Ullrich Henke. Der einzige Beweis, den Michael brauchte, um sich zu rehabilitieren.

Wir haben uns darauf hin nochmals alle Bauprojekte vorgenommen. 1999, also noch vor Beginn der Wirtschaftskrise, hatte die Bauallfinanz GmbH ein riesiges Grundstück in Mahlow erworben. Darauf sollte ein Gewerbepark und ein Logistikzentrum gebaut werden, die erforderlichen Anträge auf Baugenehmigung haben wir gefunden.

Dieses Grundstück wurde bei verschiedenen anderen Immobiliengeschäften der Schwetzer Bauconsult Berlin-Brandenburg GmbH als Sicherheit bei den Banken beliehen.

Das Grundstück war direkt an der Stadtgrenze zu Berlin und durch die Nähe zum Flughafen Schönefeld und die Entscheidung zu Gunsten des neuen Zentralflughafens Berlin-Brandenburg natürlich sehr wertvoll. Dieses Grundstück stellte somit den größten Wert aller im Besitz der Firmen befindlichen Grundstücke dar, mit dem sie für neue Immobiliengeschäfte bürgten.

Mit den Anlegern waren bereits Kaufverträge geschlossen worden, der Bau sollte 2009 begonnen werden, damit das Zentrum pünktlich zur Eröffnung des neuen Flughafens fertig werden würde.

Es war das bisher größte Immobiliengeschäft der GmbH – ein ganz großer Wurf."

„Wir verstehen eins nicht, warum hat Michael sich in Gefahr begeben und ist nach Deutschland geflogen", fragen wir unseren Gastgeber.

„Michael glaubte sich zu erinnern, dass Ulli immer wieder nach Schönefeld gefahren war. Irgendwas stinkt an diesem Grundstück, meinte er irgendwann. Er war schließlich Wirtschaftsanwalt und kannte die Fälle, bei denen mit theoretisch vorhandenem Kapital Kredite genommen wurden, die dann nicht beglichen werden konnten. Man denke nur an Jürgen Schneider. Ich muss irgendwie herausbekommen, ob sie eine Baugenehmigung für dieses Grundstück bekommen haben, sagte Michael immer wieder.

Das wäre im Prinzip einfach gewesen, wenn man einen verlässlichen Kontakt in Deutschland hat. Es gab aber niemanden mehr, dem wir vertrauen konnten. Und Peter war einfach schon zu krank. Also entschloss sich Michael selbst, nach Deutschland zu fliegen. Er hatte schließlich die Hoffnung, wenn er etwas finden würde, für immer dort bleiben zu können.

Wir wussten, dass es gefährlich war. Aber wir haben ihm trotzdem zugeredet. Er ist vor Sehnsucht nach seiner Frau hier fast gestorben."

Das Netz zieht sich zu

Wir durften alle Papiere mitnehmen. Danke Gregor, danke Peter. Peter ist zweiunddreißig Stunden nach unserem Besuch nicht mehr aufgewacht. Zu diesem Zeitpunkt waren alle Unterlagen bereits in der Cosmos-Redaktion. Das Netz um Ullrich Henke begann, sich zuzuziehen.

Alle Cosmos überlassenen Unterlagen sowie die Gesprächsprotokolle wurden umgehend der zuständigen Staatsanwaltschaft zur Verfügung gestellt. Und die Berliner Kollegen recherchierten.

Ein Besuch beim Bauamt in Mahlow und dem Grundbuchamt in Zossen zeigte, dass Michael Thalheim sich nur teilweise geirrt hatte.

Das Grundstück in Mahlow hatte nämlich zunächst eine Baugenehmigung erhalten. Henkes Firma hatte das Projekt bereits entwickelt und zu einem großen Teil an Anleger verkauft.

Aber dann wurde ein Verfahren erfunden, wie man tief kontaminierten Boden nachweisen kann: Mit einer besonderen Kamera wurden von Hubschraubern aus Bilder gemacht, die belastete Böden zum Vorschein bringen. Das ganze, riesige Areal war tief unten mit Schwermetallen belastet, eine Hinterlassenschaft der sowjetischen „Schutzmacht". Die Baugenehmigung wurde zurückgezogen. Und das bedeutete für Ullrich Henke, dass er den Anlegern das Geld zurückzahlen musste, das er bereits woanders investiert hatte. Und es bedeutete, dass er Gelder verlor, die er im Auftrag der Mafia investiert hatte. Wenn ihm sein Leben lieb war, dann musste er sich etwas einfallen lassen. Ullrich Henke hat sich für die Bodenwaschung entschieden. Das Grundstück in Mahlow war aufwändig saniert worden. Rund 9 Millionen Euro, aber immer noch billig, wenn man mit dem Leben davon kommt.

Nach erfolgter Sanierung war die Baugenehmigung erneuert worden, Ullrich Henke hatte seinen Kopf und das Geld der Anleger gerettet. Der Gewerbepark, der zurzeit darauf entsteht, wird voraussichtlich nächstes Jahr Einweihung feiern.

Bei der Überprüfung von Henkes Konten konnte die Polizei keine Verbindung zu der Bodensanierung in Mahlow oder zu irgendwelchen krummen Geschäften ziehen. Die Konten, die auf seinen Namen liefen, waren sauber.

Michael Thalheim hat sein Besuch in Mahlow das Leben gekostet. Die unselige Tante, die Geburtstag hatte, brachte ihm ein unerwünschtes Zusammentreffen mit seiner ehemaligen Sekretärin. Von ihrem Büro aus informierte die Sekretärin Sybille Thalheim. Und im Büro haben die Wände Ohren.

Sybille Thalheim entlarvt den Mörder

Berlin-Lichtenberg. Sybille Thalheim erwartete uns im Besuchsraum der Frauenhaftanstalt. Es war der Abgabetermin von Teil sechs ihrer Geschichte. Bleich und gefasst hörte sie sich unsere Schilderungen der Ereignisse an. Wir haben ihr alle Unterlagen gegeben. Als sie den Briefentwurf ihres Mannes sah, überflog sie nur die ersten Zeilen und blätterte wortlos weiter. Wir bewunderten ihre Selbstbeherrschung. Doch dann schrie sie auf. „Das ist er".

„Wer?" fragten wir verdutzt.

„Der Mann in der Gaststube."

Sie zeigte das Foto des Mannes, das ihr Ehemann bereits als das Foto des auf ihn angesetzten Killers entlarvt hatte. Die Besuchszeit

8. Teil: Die wahre Geschichte

war zu Ende. Sybille Thalheim hat den siebenten und letzten Teil ihrer Geschichte in ihrer Zelle geschrieben.

Bis zu diesem Zeitpunkt hatten wir immer noch geglaubt, dass Sybille Thalheim ihren Mann erstochen hat. Erst als sie uns den siebenten Teil ihres Manuskriptes eine Woche später überreichte, wurde uns klar, dass sie nur zu ihrem eigenen Schutz ein Geständnis abgelegt hatte.

„Ich bekenne mich schuldig, den gewaltsamen Tod meines Ehemannes geplant und herbeigeführt zu haben." Das war das Verbrechen der Sybille Thalheim, mit dem sie für den Rest ihres Lebens wird leben müssen. Sie hatte den von Ullrich Henke gedungenen Mörder auf die Spur ihres Mannes gelenkt.

Mit Hilfe der Cosmos-Redaktion wurde der Mann auf dem Foto verhaftet. Er war der einzige in der Gaststube gewesen, der nicht in Sybilles Hotel gewohnt hatte, dafür aber war er in Michaels Hotel abgestiegen. Die Polizisten konnten sich daran erinnern, dass sie ihn vernommen hatten. Freundlicherweise hatte Ullrich Henke seine Adresse, seinen richtigen Namen und seine Telefonnummer auf der Rückseite vermerkt. Der Mann hat die Tat bereits gestanden.

Dies war die Geschichte von Michael Thalheim und Ullrich Henke, so wie wir sie auf Anweisung der Sybille Thalheim recherchiert haben. Sybille Thalheim dürfte damit die einzige, wegen Mordes verurteilte Frau der Welt sein, die ein Verbrechen aus dem Gefängnis heraus aufgeklärt hat.

Die Cosmos-Redaktion wird Sybille Thalheim bei einem schnellen Wiederaufnahmeverfahren vor Gericht unterstützen.

Lesen Sie im nächsten Cosmos:
Mafia in Deutschland.

Epilog

Die Türen der Frauenhaftanstalt Lichtenberg schließen sich hinter mir. Ich habe nicht „„Auf Wiedersehen" gesagt. Die Meute wartet schon auf mich. Sie sind alle da.

„Bille, hier, jetzt darfst du wieder lächeln", ruft Wolfi von der Presseagentur.

„Bravo Bille, komm' zeig' uns dein Lächeln." Harald natürlich.

Ich sehe sie von weitem: Gabi wartet auf mich in ihrem grauen Range Rover. Ich lächele, für die Fotografen. Sage den Journalisten, ja, ich sei erleichtert, dass man mich in dem Wiederaufnahmeverfahren freigesprochen hat.

Gabi fährt vor, hält die Tür auf und ich springe hinein. Sie sagt kein Wort, gibt Gas.

„Danke", sage ich.

Wir schweigen. Für unsere Freundschaft gibt es kein Happy End. Wir wissen es beide.

Es geht einmal quer durch die Stadt. Ich schaue hinaus, die Sonne scheint. Berlin ist schön, im Frühling. Endlich in Zehlendorf, endlich zu Hause. Trotzdem werde ich die Villa wohl verkaufen und nach Hamburg gehen. Berlin hält zu viele Erinnerungen für mich bereit. Cosmos hat mir ein Angebot gemacht. Ich soll als Kriminalreporterin für sie arbeiten.

Epilog

„Danke für den Brief", sagt Gabi in unser Schweigen.

Der Brief. Ullis so genannter Abschiedsbrief. Er hat ihn mir ins Gefängnis gebracht. Ich kenne seinen Inhalt auswendig. Zwei Seiten, handgeschrieben. Auf der ersten Seite hatte er geschrieben:

Liebe Bille,

immer wieder überlege ich, warum Du das getan hast. Warum hast Du Dich schuldig bekannt, wo wir gerade dabei waren, verminderte Schuldfähigkeit für Dich herauszuholen.

Der Prozess war nicht ganz einfach, weder für Dich noch für mich. Ich werde das alles erst mal verkraften müssen. Immer wieder musste ich Dich anschauen. Und an die wunderschöne Zeit denken, die wir gemeinsam erlebt haben. Warum hast Du mich verlassen? Es wäre alles ganz anders gekommen. Ich habe Michael dafür gehasst. Und manchmal habe ich auch Dich dafür gehasst.

Ulli, es war ein Fehler, mir einen Liebesbrief auf zwei Seiten zu schreiben. Denn die zweite Seite wurde dir zum Verhängnis. Auf ihr stand, was allgemein als dein Abschiedsbrief gilt:

Du warst die Frau meines Lebens, das wusste ich vom ersten Tag an. Bis heute hat sich daran nichts geändert. Ich liebe Dich, habe Dich immer geliebt. Dein Respekt war mir wichtig. Solange ich in Deiner Nähe sein konnte, war ich glücklich. Und ich habe alles dafür getan, um in Deiner Nähe zu bleiben. Jetzt habe ich Dich verloren. Es war meine Schuld. Du wirst das alles überstehen, denn Du bist stark.

Leb' wohl! Ulli

Ich wusste genau, was ich tat, als ich Gabi den Brief im Gefängnis zugesteckt habe. Ulli wollte sich nicht erschießen. Er wollte verschwinden.

Es war schon immer so, ich habe geredet und Gabi hat gehandelt.

„Sie haben alle an Selbstmord geglaubt", sage ich.

„Ja."

Zwanzig Jahre Freundschaft – für den Rest unseres Lebens werden wir ein Geheimnis teilen. Vielleicht wird sie mir irgendwann erzählen, wie es war, als sie ihn erschossen hat. Die Zeit soll ja bekanntlich alle Wunden heilen.

Ich nehme ihre Hand und drücke sie. In der Clayallee blühen wieder die Narzissen.

Kein Happy End, aber vielleicht ein neuer Anfang.

Liebe Leserin, lieber Leser,

an dieser Stelle kommt normalerweise der Dank an alle Beteiligten. An die Rechtsanwälte und Notare, an den Immobilienmakler, an die Gynäkologin und an die Leiterin der JVA Pankow. An den Ehemann, die Freundin…

Dieses Mal möchte ich mich allerdings bei Ihnen bedanken. Dafür, dass Sie den „7. Tag" gekauft haben. Ich freue mich, wenn Sie mir mitteilen, ob Ihnen das Buch gefallen hat. Schreiben Sie mir eine Mail an
nikalubitsch@yahoo.de

Natürlich freue ich mich über eine Rezension. Übrigens: Kritik kann ich aushalten!

Oder besuchen Sie meine Seite auf Facebook
https://www.facebook.com/NikaLubitsch

Wenn Sie mehr von mir lesen möchten, dann empfehle ich Ihnen die hinterhältigen Kurzgeschichten, die ich in „Strandglut" zusammengefasst habe.

Sollten Sie mehr über die wundersame Welt der Nika Lubitsch erfahren wollen, dann sind Sie hier richtig:
http://nikalubitsch.blog.de/

Herzlichst

Ihre Nika Lubitsch

Ab *Januar 2013* als E-Book erhältlich:
„Das 5. Gebot" von Nika Lubitsch

Prolog

Er blinzelte in die Sonne, die bereits viel zu hoch am Himmel stand. Wo blieb sie nur, seine kleine Freundin? Er legte das Fernglas in den Schoß und rieb sich die Augen. Wenn sie morgens nicht am Schlachtensee joggte, dann lief sie nebenan um die Krumme Lanke. Aber immer gönnte sie sich anschließend einen Cappuccino auf der Terrasse der Fischerhütte am Schlachtensee, die er von seinem Sitzplatz im Frühjahr sehen konnte. Manchmal lief sie sogar zweimal am Tag.

Er hatte sie vor ein paar Wochen durch Zufall entdeckt. Seitdem bezog er jeden Morgen seinen Beobachtungsposten. Sie hatte etwas an sich, das ihn um den Schlaf brachte. Vielleicht war es die Art, wie sie lief, diese besondere Art, wie sie dabei den Kopf hielt. Oder war es ihr braunes Haar, von dem er ganz genau wusste, wie es duftete? Er sehnte sich danach, ihr die schweißnassen Ringellöckchen aus dem Gesicht zu streichen; aus diesem vom Laufen geröteten, eifrigen Gesicht.

Vor ein paar Tagen hatte sie ihn direkt angeblickt. Sie war am Ufer stehen geblieben und hatte zu seinem Sitzplatz geschaut. Er war sich sicher, dass sie ihn angelächelt hatte. Dieses Lächeln. Es war ein Lächeln aus einer anderen Zeit. Als sein Leben noch in der Spur gewesen war, genau so ein Lächeln war das. Dieses Lächeln hatte ihn fast zerrissen. Beinahe hatte er sich daran gewöhnt, dass er ein Leben lebte, das sich nicht wie seines anfühlte. Es hatte sie nur ein Lächeln gekostet, und schon war alles wieder da. Dieser ganze Dreck.

352 Seiten
Preis: 19,99 € (D) | 20,60 € (A)
ISBN: 978-3-86883-249-5

Mary Roach
Die fabelhafte Welt der Leichen

Mit dem Tod ist keinesfalls alles vorbei. Leichen sind auf vielfältige Weise nützlich, indem sie Forschung und Wissenschaft zur Verfügung stehen. Sie helfen dabei, Autos sicherer zu machen, dienen als Anschauungs- und Übungsobjekte für angehende Ärzte und geben Gerichtsmedizinern wichtige Hinweise, mit denen Verbrechen aufgeklärt werden können. Sie wurden ins All geschossen, haben die ersten Guillotinen und sogar die Echtheit des Turiner Grabtuchs getestet. Mary Roach hat die vielfältigen postmortalen Verwendungsformen recherchiert, woraus ein überaus unterhaltsames und skurriles Buch entstanden ist.